凌雲健筆意縱橫

腹有詩書氣自華

集杜甫韋孟詩名句祝賀俊臣先生
苑文集出版發行 戊戌仲冬
和田玉古郡長風 宣堂

高永田，陕西省书法家协会会员，中国金融书法家协会会员，中国书画家协会会员。

阅遍陕北都是歌

李俊山作品自选集

李俊山 著

陕西师范大学出版总社

图书代号：WX19N1186

图书在版编目（CIP）数据

阅遍陕北都是歌：李俊山作品自选集/李俊山著.—西安：
陕西师范大学出版总社有限公司，2019.9
ISBN 978-7-5695-0903-8

Ⅰ.①阅…　Ⅱ.①李…　Ⅲ.①散文集—中国—当代
Ⅳ.①I267

中国版本图书馆CIP数据核字（2019）第128230号

阅遍陕北都是歌：李俊山作品自选集
YUE BIAN SHANBEI DOU SHI GE: LI JUNSHAN ZUOPIN ZIXUAN JI

李俊山　著

选题策划　刘东风
出版统筹　郭永新
责任编辑　高　歌
责任校对　陈君明
装帧设计　🔲锦册
出版发行　陕西师范大学出版总社
　　　　　（西安市长安南路199号　邮编710062）
网　　址　http://www.snupg.com
印　　刷　陕西天丰印务有限公司
开　　本　787mm×1092mm　1/16
印　　张　16
插　　页　1
字　　数　190千
版　　次　2019年9月第1版
印　　次　2019年9月第1次印刷
印　　数　1-4000
书　　号　ISBN 978-7-5695-0903-8
定　　价　69.00元

《阅遍陕北都是歌》阅后

（代序）

　　俊山是我的老乡。他的老家龙洲距我的老家张家畔有几十里路，走路约半晌，现在开车仅需几十分钟。但我与他缘悭一面，一直到去年才认识。虽然都姓李，不过早出了五服。我属于米脂七里庙这一支，他属于横山石湾白狼城这一支。本书中专门有一篇记述他家族的迁徙始末。

　　据我所知，陕北老家的许多老人退休后多热衷于体育锻炼、跳广场舞、旅游、打麻将。不喝烧酒了，懂得健身健体是好事，却忽略了健心健脑。说起陕北，人们大多一肚子苦水，过去苦寒贫困，现在物质生活条件好了一些，但要从财大气粗到文质彬彬，或者从丰泽富裕到人文渊薮，仍然任重道远。可喜的是，近年来有一些新变化，榆林有了诗词学会，靖边成立了读书会，张维迎、辛向东等为我们榆林挣来了学术体面，路遥、王向荣则为我们挣来了艺术体面。

　　让我感触良多的是，俊山从领导岗位上退下来，不是忙于抱孙子、玩麻将，而是把他过去写的作品汇集起来，精细打磨，插配照片，现在将散发着如此雅致墨香的文字奉献给读者。本书属于非虚构写作，分为永恒记忆、回望故乡、阅读陕北、怡情闲趣

1

四辑，前后贯穿，但各有侧重。其中第一辑追溯家族和家人历史，第二辑写故园乡亲，第三辑广记陕北风物，第四辑杂记其他。

初读俊山的作品，第一个突出的印象是：我手写我口。俊山文章中述及的陕北景观，多数我知道，有些我在小时也亲历过，如《沙漠漫步小记》中的毛乌素沙漠，我十多岁时，每年的暑假都要从张畔走到内蒙古乌审旗河南公社（现称为河南乡）七大队二小队住一段时间，假期结束再返回，途中都要经过毛乌素，他的叙述勾起了我的回忆，并且丰富了许多细节。他提及沙漠中的沙蓬，就是唐诗中的"飘蓬"。除了他列举的杜甫和贾岛的诗以外，我再帮他添加两个例子。一个是王维《使至塞上》中的"征蓬出汉塞，归雁入胡天"，另一个是李白《送友人》中的"此地一为别，孤蓬万里征"。这两首诗中的"征蓬""孤蓬"，与俊山提及的"飘蓬"，都是指沙蓬这种沙漠及戈壁中常见的草本植物，这也是我在幼时漫步沙漠的过程中识得的。但俊山的表述与我不同，这最大的不同，就是我手写我口，把自己的所见所闻、所思所想酣畅淋漓地直接说出来。用他熟悉的音乐来比喻，好比他是用信天游来唱。我以为这不仅仅是他的写作技巧，更是一种叙述策略。用他熟悉的口吻，述说他熟悉的人事，自然占有优势，用体育比赛做比，他是在打主场。

其次，多述风物民俗及乡情。书中四辑，精彩的文章不少，我比较偏爱第三辑。虽然写丹霞地貌的不少，但像俊山这样连续写五篇（《山水龙洲》《龙洲不只有丹霞地貌》《丹霞的传说》《丹霞晨雾》《闫寨子》）的，则不多见。他不断移行换步，从远近高低不同的视角进行展示，就使靖边丹霞地貌有了景深，给读者一个深入全面的印象。我猜想，这其中也含有他想向读者朋友炫耀和宣传他家乡的意味。

他对《阅遍陕北都是歌》一篇的题旨的解释也很有意思："中国幅员辽阔，南方和北方地理文化差异很大，南方清秀，北方厚重。有人说，行尽江南都是诗，我说阅遍陕北都是歌。诗与歌同源，诗是歌，歌也是诗，所以称诗歌。南方用诗的格律来表现，北方用歌的形式来表达。诗严谨，歌松散，表现的方法形式不同，正如'橘生淮南则为橘，生于淮北则为枳，叶徒相似，其实味不同'。"我赞同他的见解。书中还提及了陕北靖边的不少风俗习惯，如叫魂。这些风习是古代社会的活化石，多了解一些，可以使我们更加立体地认识古代社会。

还有，本书的照片也很有特点。如《神树涧观柳》中的两幅沙柳，《飘香的榆钱花》中的榆树，丹霞系列中的照片也可圈可点。图文配合，使本书增色不少。

以上是我的阅读感受，未必恰切，也未必搔到痒处，但我还是愿意将本书推荐给读者，特别希望中老年朋友，不光阅读，也希望他们如有自己的真切感受，不妨模仿俊山，自己也写一写，趁着脑子还好使唤，手脚也灵便，给子孙多留一些精神遗产，也给历史多留一些真实材料。

李　浩

2019年7月15日于旅次途中

目 录

永恒记忆

白狼城，一个家族的故事

　　白狼城，位于陕西省横山县石湾镇，始建于明洪武三年，即1370年。据传在建城时，遇一白狼跃过而得名，自古为边关要镇，兵家必争之地。虽经几百年的风雨侵蚀，现在西边的城墙仍然清晰可见。

　　明成化十一年（1475），尚书王复因城依山而建，离水太远，报请朝廷迁城，移筑河对岸。现居住二百多户，一千二百多人口，全部姓李，这里就是我本支李氏家族的发祥地——白狼城。

　　据传，我家先祖李新兄弟俩，从山西洪洞县大槐树应征入伍西征，其胞弟留米脂李家寨一带，李新随大军沿名州（今绥德县）向大理河进发，攻克宁洲关、白狼城、卧牛城，立下战功，赐封土地，定居白狼城。

　　明正德十三年（1518），正德皇帝北巡，经山西大同渡黄河，先后到榆林、绥德、靖边等地微服私访。

　　初冬，正德皇帝途经横山中青湾高粱河，到白狼城，因河水布满冰凌受阻，徘徊之际，适逢我先祖李新，慨然背其过河。正德皇帝十分感动，回朝后降旨，封我先祖李新为将军。不幸，先祖因背皇帝过河受冰凌寒水刺骨，一病不起而亡。正德皇帝闻讯后，又特封为"死后将军"，葬于靖边县龙腰镇高石崖村前大湾，立有墓碑、路碑。遗憾的是，碑石在"文化大革命"中被毁。

正德皇帝感恩于我先祖李新，又召其儿子李道进京。李道足智多谋，德才兼备，深得正德皇帝喜欢，常随驾出巡，因护驾有功，被封为"武德将军"。

武德将军英勇善战，屡立战功。然而在一次西征云南的边关保卫战中，不幸以身殉国。遗体运回故乡，葬于横山县中青湾村后庙滩四将军疙瘩山下，立有墓碑。此碑也在"文化大革命"中被毁，现只留部分石碑残片，有一小块刻有"節"的字还在。

中青湾村，现有一百多户三百多口龙氏族人在此居住。相传武德将军在云南殉国后，由龙姓护卫护送回故乡安葬。龙护卫也就留居在这里。

根据碑文和地方志记载，武德将军生有三子：长子李墨任率兵驻守白狼城；二子李墨龄驻守砖井城（定边县砖井镇）；三子李墨臻驻守杏子城（子丹县张渠乡）。我们本族李氏后人，也就统称为"三城"李氏后裔，现已历四百多年，传二十一世，人口六千多。

"三城"李氏后人，秉承祖训，继承祖德，耕读继业，人才济济，在大明以后各个历史时期对国家均有奉献。特别在20世纪30年代，追随刘志丹参加红军的就有十多位，他们有的牺牲，健在的新中国成立后享受老红军待遇。解放战争时期参加革命的更多。

李滋旺，清朝拔贡，将一生献给水利事业，曾联合靖边、横山一带绅士兴修水利，《靖边县志》有记载。

李尊有，八路军115师独立三团连长，参加过平型关战役和临汾战役，身上多处负重伤，享受国家残疾军人抚恤金及老红军待遇。

李世荣，新四军战士。

李文焕，随刘志丹入山西抗日，与鬼子肉搏，荣获"战斗英雄"称号，在解放战争中牺牲，其父兄也为国捐躯，人称"一门三忠

烈"。《横山英烈传》称之为"忠烈门第报国赤子"。

新中国成立后，我"三城"李氏后人奋斗在祖国各条战线，包括政治、经济、金融、科技、教育、卫生、体育等，并取得了一定的成绩。

当今新的一代，更是出类拔萃，仅白狼城村的一个家庭里，就考出了本科生四位，留美博士后一位，在读博士后一位。

90年代后期，由众族人发起，对家谱重新进行编纂，2002年完成并举行了李氏家族第一次代表大会。2013年清明节，又在白狼城举行了"三城"李氏宗祠落成典礼。千人冒雨祭祀，缅怀祖先，铭记祖德，启迪后辈。

2016年3月18日

怀念奶奶

奶奶一生只留下一张照片，身披一件黑色大氅，白色裹腿，小脚。仪态端庄，雍容华贵。

奶奶是在清末（1911），也即辛亥革命爆发的前夕，出生在当地的一王姓大户人家里。奶奶的外婆家，更是富甲一方的开明乡绅，所以，奶奶小时候是大小姐的身份。

奶奶的一生，最大的遗憾是身边的子女太少。我的二爸在出生后，奶奶因病没有奶水，被一王姓人家抱走抚养。我唯一的姑姑，在生下我表兄后也离世，奶奶身边只有我父亲一人。

在我出生前，母亲连生了三个女孩，在那个重男轻女的年代，我的出生，给家里带来了无限的欢乐和希冀。

因此，我的抚养问题，也成了奶奶和母亲争执的焦点。当然，由于奶奶在家里所处的地位，我理所当然地被奶奶抱走。从此，我受到了奶奶的百般呵护，我身上倾注了她老人家如大海般深沉的爱。我在奶奶的被窝里一直睡到十三岁。到现在，我一个人在房间里睡觉还有点惴惴不安。

奶奶在我们家是绝对的权威，家里的经济大权都由奶奶掌管。爷爷是老干部，他的工资收入，也都交给了奶奶。

爷爷和奶奶是同年同月同日生，生日是6月20日。爷爷说，听他们的父辈讲，时辰也都是在早上。这不能不说是上天安排的奇缘，天生的一对，地配的一双。

奶奶掌管家事几十年，大小事情安排得有条有理，她虽没上过学，但有一种天生的管理能力。家里的现金收入，必须如数交回，由奶奶统管。如有什么开支，由父亲说明情况后领取。当然，我的零花钱是个例外，在我身上，奶奶已无原则可言。

我家藏窖（储藏粮食的窑洞）的钥匙也由奶奶保管，谁要是有事进去，必须要征得奶奶的同意，米面的摆放位置、多少，她都心中有数，谁也不敢乱动。每天吃什么都是奶奶说了算，而且亲自取出来，定量交给母亲去做。

人说十年媳妇熬成婆，而母亲十分尊重奶奶，当了一辈子好媳妇，直至奶奶去世。

奶奶最大的安慰是亲手抚养大了我，奶奶最大的骄傲是培养了一个当干部的我（农村人把挣工资的人都叫干部），而最让她牵肠挂肚、放不下心的人也是我。

1978年，我去西安上学，这一下子乐坏了奶奶。在她眼里，能在大城市上学，那是出人头地，于是逢人便夸她家出了一个"洋学生"。我的照片寄回去后，奶奶更是爱不释手，家里来人，她就指着照片说：看我孙子有多俊气。每次夸赞完毕，奶奶都要流泪，她很想我，我第一次出门远离，让奶奶的心也跟了去……

毕业后我的工作单位不在本县，回家不是很方便，每次离开家时，奶奶都要目送到看不见我后才离去。到了晚年，奶奶思念孙子的心更切，经常孤单地站在脑畔上，向我回来的方向久久眺望，盼望我能奇迹般地出现在她的视线里，而我却背道而驰，回家的次数越来越少，在家待的时间也越来越短……

奶奶一生没有出过远门，但她并不在乎外面的世界。我结婚生子后，她唯一的愿望，就是能在我的小家庭里生活上几天，我也曾几次回家去请奶奶，可是每次爷爷都以奶奶的身体为由，善意地一推再推。后来奶奶也真到了不能出门的年龄，直到去世，从未离开过家门。

斯人已去，长歌当哭。

奶奶离开我们已有二十三个年头，每当想起她，我的眼眶总是溢满泪水。恨我年轻无知，奶奶当时年事已高，时间不会等她，如果当时能让奶奶到我那里哪怕住上几天，那该多好啊！让我亲手给她端上一碗饭，递上一杯热开水，让奶奶感觉她亲孙子亲得不冤。

这是我心里永远的痛，也是我的终生缺憾。我写尽沧桑，却写不出心底最深处的那一抹忧伤……

又到清明节，面对奶奶的照片，我无言，唯有泪千行。"树欲静而风不止，子欲养而亲不待。"

2016年4月4日

我家的老窑洞

照片上的三孔老窑洞，是我爷爷的爷爷，即我的太爷爷在大清同治年间所建，距今已一百三十多年。我就是出生在这里，直到七岁那年才搬离。虽历经百年风雨，残缺的院墙仍然依稀可见，它见证了我的祖辈们生存创业的艰辛与不易。

太爷爷是清朝举人，官名世举，同治年离开横山县白狼城村老家，到现在的靖边县、当年的旧城县衙任职，由于爆发了陕甘回民起义，与家人失联，便在此地娶妻生子定居。

战乱历时十一年，平定以后，太爷爷又踏上了漫长的寻亲之路。

太爷爷的母亲在逃难中被人收留，找到后，被太爷爷接回家孝敬终老。太爷爷的父亲在逃难中给人家做了上门女婿，找到后已病亡，尸骨搬回，埋在靖边县龙洲南咀畔村，这就是靖边我家祖坟的始祖。

太爷爷在家排行老二，老大在战乱中失散了，后来是又回到了老家白狼城村里还是流落外地，无人知晓，现已成谜。

从我太爷爷算起，老窑洞已住过五辈人。由于坐南向北，一年四季见不到阳光，几辈人受尽了寒窑之苦。

新中国成立后，国泰民安，生活逐步好了起来。爷爷和父亲决心改善一下居住条件，硬是用老镢头挖、手推车推，打成了五孔新土窑洞。改革开放后，又用砖砌了窑面，保留至现在。

窑洞前的大门，是从老院子搬迁过来的，它是一个有故事的大门。是我父亲的爷爷，我的老爷在榆林当先生时挣得一头骡子，又挣了一些银钱，盖了一个大门，当时叫"楼门"。根据我小时候的记忆，楼门顶端两头上还有两个兽头，据说是有秀才以上功名的人家才允许楼门上立兽头。可惜在"文化大革命""破四旧"中遭到破坏。

我家新窑洞建成后，父亲之所以对楼门进行了搬迁，是企盼这个象征家族荣耀、能载兽头的"举人大门"给后人带来好运。新窑洞门前的这个大门，算是我家的一个一百多年前的古建筑。我在此长大到参加工作离开，而后又在窑洞里举行了婚礼。可惜现在无人居住、看管，院内杂草丛生，想起来心里酸酸……

上世纪90年代，住窑洞的人越来越少，邻居们都盖了新房搬走了，父亲觉得太孤单，和我二弟商量盖了五间瓦房，进行了再次搬迁。

但是，由于当时施工太简单，又很少居住，维修不善，现在基本成了危房。后来，我们兄弟几个和父亲商量，决定在父亲有生之年再搞一次修建，并于2015年春节前建成了现在的农家小院。

老窑洞的变迁这微小的一个点，反映了普通老百姓的命运与国家息息相关。我祖先在旧社会流离失所，骨肉分离；现在我们国富民强，安居乐业，这些告诉我们要记住历史，珍惜今天，面向未来。

2016年2月19日

忆母亲

母亲和父亲同岁，但她离父亲而去已有十七个年头了。父亲去年八十四岁，思维清晰，精神头尚好。春天的一次感冒，让他老人家产生了宿命的念头，他说"七十三八十四，神仙不叫自己去"，并给我讲了很多往事，特别是我的母亲。

交谈中，父亲从柜子里取出了他珍藏多年的小包裹，边说边用微颤的双手一层一层地解开。当我睁大眼睛看着他的珍藏品时，我的眼睛湿润了。

几张破旧的小纸片，全都是母亲用铅笔随意勾画的简笔画。万万没想到，母亲去世以后，父亲一直保存着它，发黄的纸片，仿佛如一封封无字的书信，寄托着父亲无尽的离愁别绪……

母亲和父亲十四岁时成亲。父母之命，媒妁之言，让两个大孩子走到了一起，牵手走过了五十四年的艰苦岁月，生活条件好了，母亲却撒手而去。

母亲的过早离世，是我们子女心中永远也抹不去的痛。我们只知道，父母亲夫妻一场，"逝者已矣，生者如斯"。照顾好年迈的父亲，是我们做子女的责任，而对老人的内心世界，却知之甚少，交流也少。

更让我惊讶的是，父亲拿出了一只很旧的边已经有些磨破了的长方形绣花荷包（钱包）。荷包的外面是用黑色的老布制成，里面缝制了四个小口袋，一明三暗，用于装钱，中间的小兜是在白色的面料上面，用彩色的丝线绣制的石榴和石榴花，左边的小兜是蓝色的底料上面刺绣着美丽的荷花，右边红色的小兜上面绣制着粉红色的桃花。构图巧致，做工精细，寓意深远。

它是母亲嫁过来后亲手缝制好送给父亲的，可以看出，母亲把她对未来美好生活的憧憬和对父亲的爱倾注在一针一线上。而父亲几十年如一日，把它珍藏在身边。过去在古书古戏中才能看到的情节，没想到在我的父母亲的生活里曾经上演。

父亲说，母亲虽然没有上过学，但受外婆的教导，从小心灵手巧。让母亲终生遗憾的是，在母亲十八岁时，外婆病逝，当时母亲正怀着她的第一个孩子，而且到了临产期，家人没有让她去见外婆最后一面。母亲把她一生的爱，全部奉献给了我们这个大家庭。

父亲的叙述，也让我打开了记忆的闸门，我叩动键盘，梳理出了对母亲的追忆。

记忆里，母亲在她静下来做针线活的时候，有时还会给我们教唱几句民歌，如《绣荷包》，还有什么"小白菜呀，地里黄呀；两三岁呀，没了娘呀"。现在才明白，母亲借歌抒怀，表达了她对外婆深深的思念。

母亲的厨艺也很好，在那个食物十分短缺的年代，怎样才能粗粮细做，母亲动了很多脑子。有一道洋芋丁丁拌凉粉，是母亲的独创，现在在我家已传到了她的儿媳妇手里。

母亲一生辛劳，体现在生活的方方面面。小时候的记忆里，村子里娶媳妇嫁女，必备的是一对大枕头，四个枕头顶子要绣花，村里好多枕头顶上的绣花图案，都出自母亲之手，有的直接委托母亲刺绣。母亲用她的辛苦换回来一点鸡蛋和面粉之类的东西，为我们改善生活。

而母亲最主要的手艺是裁缝。母亲有一台缝纫机，伴随了她三十多年，在保证了我们全家老少的穿衣外，也为别人做些衣服。在二十世纪六七十年代，母亲白天要参加生产队的集体劳动，只能晚上加班缝纫，为能挣得几毛钱的工时费用于补贴家用，经常是点上煤油灯熬到深夜，牺牲了很多的休息时间，吸入了大量的废煤油气体，也给母亲的肺部埋下了隐患。

母亲十四岁刚嫁到李家时，李家还是一个四世同堂的大家庭，我的老爷和老奶奶都在世。老爷他们去世后，母亲才由孙子媳妇熬到了儿媳妇的位置，当她也抱上孙子后，又是一个四世同堂的大家庭。人常说，十年媳妇熬成婆，但是母亲操持家庭的重担始终没有减轻过。

在这个大家庭里，奶奶一直保留着传统的封建思想，家里生活方面的事情，都由她说了算，直至八十多岁高龄时去世。母亲几十年如一日，从无怨言。

但是有一件事情，让母亲和奶奶起了争执。在我出生之前，母亲已生了三个女孩，在当时的农村，如果家里没有男丁，就会缺乏后续的劳动力，所以在过去的农村里，重男轻女也很好理解。我的出生当然给家族带来了新的活力，母亲更是在我身上寄予了无限的希望和厚爱。

但是，强势的奶奶，在我两周岁的时候，用她那霸气的爱，硬是从母亲的怀抱里把我给抢了过去，从此我在奶奶的被窝里睡到了十三岁。为此，母亲和奶奶争了好长时间，这也是母亲对奶奶权威唯一的一次挑战。我在奶奶的溺爱中渐渐长大，无形之中，对母亲心生敬畏，和奶奶走得更近一些，但是母亲对我无私的爱，从小到大，直至我走向了社会，都有增无减。

记得小时候由于我淘气，从院子里的墙头上掉下来摔断了胳膊，母亲那种惊恐、无助和疼爱的眼神，深深地刻在我的记忆里。我的残

兄弟姊妹七人和父母合影

疾，也成了她一生的忧虑。2000年，我旧疾复发，看到我手术后安全归来，病中的母亲喜极而泣；母子连心，看到虚弱的母亲，我也很伤感，不禁潸然落泪。

母亲孝敬公婆几十年，相夫持家，养儿育女，含辛茹苦，当老人都扶上了山，儿女们长大成人，好日子刚刚开始，她也累坏了身体。

看着母亲的身体一天不如一天，父亲暗示我带母亲看看外面的世界。我当时羞愧难言，这么自然的事情，竟然让父亲说了出来。当我安排好了一切，准备回家接母亲时，家里来电话说母亲的病情加重，肺气肿已向肺心病转变。我赶回家里，看着呼吸异常困难的母亲，我想，这一小小的心愿恐怕今生无法实现，我愧悔的心翻江倒海，避开父母痛哭失声。我所犯的大错，就是有来世也无法向母亲还清。

2001年，六十八岁的母亲撒手人寰……

一年后，我带着父亲飞赴上海。我不能再错下去，趁着父亲还能走动，我要把对母亲的遗憾，从父亲身上尽可能地弥补回来。

然而，面对大上海的繁华，父亲却提不起一点兴致。问其原因，父亲说他想去北京。我终于明白，看看伟大祖国的首都北京，瞻仰毛主席的遗容，是父母亲他们那一代人的共同心愿。

但愿母亲泉下有知，父亲的北京之行，也能给她以安慰。

我的母亲，是心灵手巧的母亲，是无私奉献的母亲，是慈祥善良的母亲，是平凡而伟大的母亲。

我思念我的母亲！

2017年3月28日

窨子沟的记忆

村里有条小河，河水很小，小到没有名字。

小河从未因没有名分而抱怨，一如既往地从古流到今，默默奉献，无怨无悔。

人们一般以它流过的地方给它取名，但从未叫它"河"。流过窄一点的地方叫"沟"，宽一点的地方叫"湾"，如"王家河湾"。流过我们村的这一段，我们叫它"窨子沟"。因为在小河两岸的红石崖上，古代为躲避战乱和匪患，凿有石窟，我们叫它崖窨子，这就是"窨子沟"名称的来历。

人类的生存离不开水，陕北窑洞当然也是傍水而建，但是为防山洪，又建到半山腰或者在山上面，这样吃水又很不方便，要赶着毛驴下到沟里去驮水。男孩子长到十岁左右，一般就都承担起了赶毛驴驮水的家务。我当然也不能例外，经常和小伙伴们结伴赶着毛驴去驮水。

于是，窨子沟给我留下了很多童年的记忆。

记得，河滩是沙子地，有弹性，很松软，转着圈踩上几脚，就会冒出一小股水来，一圈圈向外扩散，我们叫它"泛水泉子"，掬一把喝下去清凉甘洌。

在石头缝里，还有小鱼、小虾，而泥鳅最多，我们逮着玩。泥鳅很滑，我们比赛看谁捉得最多，有时竟忘记了自己是下来驮水，耽误了家里做饭，少不了被大人训斥一番。

每到夏天，也是水鸟孵化的季节，毛茸茸的水黄鸭逮着很好玩。最大的鸟要数鹭鸶，它在崖窨子上边筑巢，我们上不去，只能看着它飞来飞去。有时站在崖对岸上喊一声，惊扰一下，而对面红石崖也给你回一声。

奶奶说，那是"崖娃娃"在学你说话。这让我们很生气，有时故意骂一句，而山崖里也要回骂一句，而且声音由高到低传得很远。我们骂不过它，永远处于下风。

最近回到靖边县龙洲老家住了几天，听二弟说，在窨子沟的下游，沙嘴稍村要建水库搞农田灌溉和旅游开发，窨子沟很快就会被水淹没。于是我带着相机，来到河边拍了几张照片留作纪念。

记忆里，一条小河，将山分割在两边，河上搁一根木头，或者搭两根木椽，就叫桥，连接着山里山外。

到了冬天，河水结冰，人们便从冰面走过，木头桥也就冻在了冰的下面，但是冰面也有冻不结实的时候。

一次我放学回到家里，看见父亲裹着被子瑟瑟发抖。听奶奶说，父亲是在河边见到有人掉进冰窟里便去救，救人过程中他也掉了下去。

过了一天，父亲病情突然加重，高烧昏迷，找来医生打强心针，才抢救过来，在病床上一躺就是几个月。但是被救的人父亲竟不知道是谁。

事隔多年，在和父亲的一次闲谈中，我偶然想起此事，半开玩笑说，父亲当年还当过一次无名英雄。父亲说，当时情况紧急，不容多想，谁遇到了都会上前，救人天经地义。几年后，对方还是找上门来，向父亲表达了谢意。说起这些，父亲平心静气，宛如无名的小

河，默默地向东流去……

是啊，人生如小河，前面会遇到很多的不确定，遇直则直，遇曲则曲，只要目标明确，就会永不停息。

现在农村都吃上了自来水，过去赶着毛驴走的山间小路早已不见了，但是，窖子沟还在，家乡的"乾坤湾"还是那样美丽。

我这次虽然错过了水黄鸭孵化的季节，但偶尔也见有鹭鸶飞来。

我试图问一下"崖娃娃"还在不在，生怕对方听不见，便使足力气叫了声"你好"，崖内马上回来一句"你好"。我惊喜，"崖娃娃"还在，只是声音多了几分沧桑，没有了儿时的清脆。

我顿时生出一种沧桑感，临走时大声喊了一句"再见"。山崖里也传回了一连串"再见……见……"的回声。

一般说再见，是为了还要见，而我此时的再见，也许就是一句永久的道别，因为"崖娃娃"的家很快就会被水淹。下一次也许我会坐着船来，到时"崖娃娃"还会在吗？

2016年12月5日

爹娘的眼泪只为儿女流

　　轻轻地合上龙应台的《目送》，泪水模糊了我的双眼，恍惚间，奶奶蹒跚着两只小脚，目送着我的背影渐渐远去……

　　阅读《目送》，让我从心灵深处产生了一种共鸣和震颤。

　　"回忆真是一道泄洪的闸门，一旦打开，奔腾的水势慢不下来。"

　　记得第一次离家是在十五岁那年，父亲赶着毛驴，驮着我的行李，翻越70多里山路，送我外出求学。当父亲离开学校的时候，我目送着父亲的背影直到拐弯处看不见，而父亲却没有回头看我一眼，父亲的"狠心"让我不能理解。

　　"时间是一只藏在黑暗中的温柔的手，在你一出神一恍惚间，物走星移。"

　　转眼间我的女儿也长大外出求学。在首都机场，当我目送她进入国际出发的通道时，泪花不由得在我的眼眶里打转，那种牵肠挂肚的滋味，瞬间袭上心头。

　　人常说，不养儿不知父母恩，生命的轮回才使人明白，长大后我就成了你。多年后，我对父亲当年送我上学的心情才有了真切的体会，同样的滋味，父亲早已尝了很多遍。"有些事，只能一个人做；有些关，只能一个人过；有些路啊，只能一个人走。"

还记得，参加工作后，每到正月上班的时间，奶奶站在寒风里，一次次目送我的远去。已到风烛残年的奶奶，我的每一次离去，也许都会是最后的一面。这一幕幕场景，时不时在我的脑海中浮现，提炼成温馨的回忆。

　　"我慢慢地、慢慢地了解到，所谓父女母子一场，只不过意味着，你和他的缘分就是今生今世不断地在目送他的背影渐行渐远。"

　　奶奶目送我的身影，在我的记忆中从来没有消失；老父亲对我的目送，又让我的心灵产生了震颤。

　　我每次从家里离开，父亲会一直把我送出大门外，目送我直至看不见。有时候我将车停下来，想看看他老人家能待多长时间，没想到，只要我的车在他的视线里，他就始终不会离开，直到我一踩油门远去。

　　人的一生，只要父母健在，就永远是一个幸福的孩子，当熟悉的老屋里没有了最亲的人，失去了的就永远不会再回来。

　　"你站在小路的这一端，看着他逐渐消失在小路转弯的地方，而且，他用背影告诉你：不必追。"

　　人的一生就是在亲情迎来送往的目光中度过。父母目送子女离开自己，子女目送父母离去，一切都是前世今生的缘。

　　目送，是一种幸福，是一份永久的牵挂和永恒的爱，爹娘的眼泪只为儿女流。

2017年2月1日

飘香的榆钱花

在老家窑洞的大门旁，有一块台子地，我们习惯称它为榆树台子。

这里曾有一棵高大的老榆树，没有人知道它的生长年龄，奶奶说，她的上一辈人见到老榆树时就是这个样子，一直生长在这里。

榆树树干很粗，树冠又高又大，没有人能够爬到它的最上边，因此，在上边栖息的鸟类也很少受到干扰。

花开的季节，各种鸟儿穿梭在盛开的榆钱花中，使老榆树显得更加生机盎然。

榆钱花，这种酷似古钱的花，层层叠叠，清香四溢，很受孩子们的青睐。

初开的榆钱花，嚼在嘴里黏黏的带着一丝甜味，引得孩子们争相采摘。如遇雨后，榆钱花更是苍翠欲滴，香甜可口。

在家里，母亲又用它调剂饮食，改善生活。如榆钱花蒸杂粮面、榆钱花烙饼和榆钱花饺子馅，美味可口，食之难忘。

榆钱花成熟后，飘落于树下，母亲又将它收集起来，晾干，磨成粉，添加到杂粮面里，变成了一种新的美味。

而榆树皮里的那一层白色的皮，韧劲大、黏度高，甜味浓，晾干

磨成粉，拌到杂粮面里边，可做成可口的面条。

于是，70年代，周边刮起了一股砍榆树风，谁家有榆树皮便成了一种荣耀，有的还走亲访友拿一些当礼送。

我家当然也经不起诱惑，无奈忍痛割爱。就这样，有着数百年历史的老榆树，重重地倒了下去……

老榆树砍掉后，榆树台子成了我家的一块自留地，耕种了好多年。

光阴荏苒，岁月如梭，榆树台子已弃种多年，各种杂草树木竞相生长起来，老榆树也很少有人想起。

也许是留在心中多年的榆树情结的缘故，父亲不知从什么时候起，在榆树台子旁边的几亩空地上，悄悄栽下了一大片榆树苗。

如今，这片榆树苗已生长成林，高大挺拔，枝繁叶茂，在暖暖的微风中，轻轻地摇曳，如泣如诉，仿佛在向人们诉说着老榆树和榆钱花的故事。

2016年7月10日

六　哥

六哥姓贺，和我一个村，是我儿时的玩伴，非我本家哥哥。他在家里排行老六，且大我三岁，所以，我从小管他叫六哥。

六哥是家里的小儿子，天下老人疼小儿，给他取了一个很好的名字——成贵——意在他能成为贵人。不过贺成贵同学也很争气，从上小学起，一直就是一个品学兼优的好学生，当班长一直当到高中毕业。

六哥打小开始，总和我家有一些缘分。

在我出生前，我家已有三个女孩，无男孩，他家生了六个男孩，无女孩。我的三姐和他同一年出生，当时双方父母商定互换抚养。六哥到我家为儿子，我三姐去他家做女儿。到了选定的日子，我的父亲反悔了，他害怕两个孩子以后会受委屈。

小时候，六哥也常到我家玩，父母就讲起这段故事。

后来，经人介绍，六哥和我堂妹结婚了，我俩的角色发生了转变，我成了他大哥，他成了我妹夫。他没有成为我家的儿子，最后还是做了我李家的女婿。也好，俗话说，一个女婿半个儿。

六哥和我是同一年上的学，由于他家里孩子多，生活较困难，上学比较迟，所以我们成了同班同学，一直到高中毕业。

小时候，我们一块上树掏鸟窝，下河玩水，形影不离。他是班里的学生干部，又会玩，这让我很是崇拜。有时候他来我家玩耍后，我甚至哭着不想让他离开。上小学时，他成了我的保护伞，让我少受了许多大孩子们的欺负。

时光如水，不经意间，我们都已高中毕业。回乡务农已是一条不由我们选择的路，民以食为天，种地是我们的祖业。

1977年改革招生制度，让我们本已沉寂的心重新躁动起来，这对农家子弟来说，是一次难得的改变命运的机会。我们怀着一颗对未来的憧憬之心，一起报名应考。

临考前我去约他，没想到，在这关键的时间点上，他的父亲突然病危。

人生无奈，命运有时不由自己安排。望着泪眼婆娑的六哥，我只好独自走向了县城的考点。

几个月后，当我拿着入学录取通知书和他道别时，他微微低下了头，看得出他在竭力控制着自己的情绪，叮嘱我珍惜这千载难逢的学习机会。

一晃几年过去了，我毕业后即参加了工作。

我们再见面的时候，他已是我的妹夫，也是一个孩子的父亲了。养家糊口的生活压力，让他显得有点憔悴和自卑。我也不知道怎么开口，没想到我们几年以后的相见，竟以沉默和尴尬开场。

昔日大谈理想前途的六哥在我的眼前模糊起来，我感到我们无忧无虑、无话不谈的青少年时代，就要到此划段了，心中不免有点隐隐地痛。

为了打破这尴尬场面，我说，我还是继续叫你六哥比较顺口。这时，他突然红了脸，表现出了少有的认真。他说，不结亲是两家人，结了亲是一家人，你是我大哥，这事不能模棱两可。从此后，我便成了六哥的大哥。

聚少离多，转眼又是几十年。他已是我们村的党支部书记。

突然有一天，我接到他的电话，说他在西安某医院看病，问我有没有认识的医生。我急匆匆赶到医院，才知道他的肝硬化腹水已到晚期。

他说，他根本没有想到自己会有病，直到晕倒在地，送医急诊，才知道是肝硬化腹水。我说难道在这之前你一点感觉也没有？他说，他一直以为自己的胃不太好，所以也就没太在意，一直硬撑着。到后来，他也奇怪自己的身体并没有长胖，肚子却越来越大，这事还曾向别人说起过，这让我听得心里十分难过。

在任职村支书以来，他急群众之所急，想群众之所想，努力寻找带领村民致富的关键点。他发展乡村旅游的工作才刚刚铺开，就病倒在了工作岗位上。

在西安治疗一段时间后，不见好转，人已经不能下地活动。经在部队当首长的老同学帮忙，又转到了北京某部队医院治疗。

出院后，他在电话里对我说，他对这次治疗还是比较满意的，现在已能挂着拐杖下地活动了。我听出他当时的心情还可以，顺便又安慰了几句。无非是现在的医学水平如何如何高，医疗技术如何如何先进之类的话语。

谁知过了数月，他就离世。

岁月的风刀霜剑，没有人能躲得过，但也没想到会来得这么快。这一年，他才五十七岁。

今年，我回到了村里，找到了他的长眠之地，面对苍凉的黄土堆，我泪已潸然。一个会玩的少年，一个风华正茂的学生干部，一个孝敬父母的儿子，一个称职的丈夫和父亲，一个拼搏在一线的村支部书记，在我眼前浮现，儿时的友情，是人一生最难忘却的记忆。

现在，他已长眠在了他一生为之耕耘的黄土地，生不离死不弃。

眼前一股旋风吹来，卷起了一些杂草和树叶，在我的旁边转了几个小圈后散开。

这时，一股莫名的惆怅袭上我的心头，人生如梦，一切都如过眼烟云，转瞬即逝。

走不进曾经，回不到过去，但是我会记住过往，我怀念六哥。

2017年8月1日

我给王姨叫了一次魂

母亲去世后，父亲憔悴了许多，有时显得很落魄。不是我们儿女不孝，俗话说，少年夫妻老来伴。后来经人介绍，王姨走进了我们家，从此，父亲的生活又开始变得有条有理。看着生活上充满自信的父亲，我们也放心了许多，满堂儿女，不如半路夫妻。王姨的热情，也让我们感觉到了家的温暖。

光阴荏苒，日月如梭，转眼时光已过了十五年。王姨除了血压高吃一点降压药外，身体状况还算可以。

今年秋天，我叔母去世，王姨说什么也要前去告别。也许是自己的好姐妹走了，太过伤心，在回来的路上，王姨晕倒在路旁的玉米地里，后被我本家弟弟发现送回来。经县医院诊断为心梗，随即转到延安某医院抢救治疗。

出院后，王姨的病情时好时坏，总也稳定不下来，而且王姨说什么也不肯再去医院。她说她的母亲得的就是心脏病，年轻轻地就走了，医院治不了的。并说她们村里有一个巫神，希望能带她回去问一问病情。父亲虽然一生务农，但不迷信，他劝王姨说，你得的是实病，还是不要相信那些没踪没影的事情。

望着王姨憔悴的神情，我想起古人说的一句话，"人老一年，马老一月"，我发现王姨今年真的老多了。面对老人这一简单的要求，我真不忍心拒绝。但是，我深知，那些虚无缥缈的东西，只能骗得了王姨一时，而骗不了一世。但是反过来又一想，只要老人心里能得到一些安慰，权当是看一次心理医生，对老人做一次心理调节，我们又何乐而不为呢？

第二天，我开上车，带着王姨和我的父亲，来到王姨的村子里。王姨的儿子、女儿和女婿全程安排了求神问卦的一系列事宜。

神官年龄不大，是一位不到四十岁的年轻人，听说巫神这手艺是从他叔父那里传到他这儿的。王姨的儿女们虔诚地点燃了几炷香和几张黄表纸后，神官开始请神，随着口中发出突突的声音，"神灵"开始降临，神官的眼睛似闭似睁，刚才还是有说有笑，这时变得似醒非醒。

此时已近黄昏，神官手持法器"三山刀"，围着病人手舞足蹈，口中念念有词，现场顿时弥漫着一种神秘的气氛。

"三山刀"又名三尖刀，用薄铁打成，上有三尖，下系吊环，摇动起来嚓嚓作响，是过去陕北地区，主要是榆林地区神汉施术时的法器。随着科学技术的普及和医疗水平的提高，跳神活动现在已很少见了。现在的"三山刀"，经过艺人编排，已作为一种民俗舞蹈艺术，登上了表演舞台。

跳神活动持续了有半个小时，我们全程都在倾听着大神给我们指点迷津。可直到最后，我这位懵懂凡人，连一句也没有听懂。王姨的女婿领悟较深，说是这里的仪式结束后，晚上10点还要到十里外的龙洲城隍庙里去叫魂。事已至此，我也不能有什么推辞，只能听从"神"的指引。

时值深秋，细雨霏霏，似要洗净这世间的铅华，让我们都以本来的面目示人。

晚上10点前，我和王姨的儿子、女儿、女婿等一行五人，捉了两只大红公鸡，带着罗面的罗子，一块红布，一把笤帚，由我驾车，在烟雨朦胧中驶向城隍庙。

城隍庙，一般是有古城的地方才有，供奉的是保护一方百姓安宁的地方神，也叫城隍爷，大多由有功于地方民众的英雄名人充当，希望他们的在天之灵依旧能够保佑本地百姓。比如上海城隍庙，是一庙三城隍，供奉的是上海历史上的三位名人。龙洲过去是一个古城，在明朝时城内就有城隍庙，后经多次搬迁修葺，才成现有规模。但是这里供奉的是谁，事后我问管理庙宇的工作人员，他们也不知道，只知道是城隍爷。

来到庙前，借助手机电筒亮光，首先映入眼帘的是一副对联："善来此地心无愧，恶过吾门胆自寒。"可谓警世良言，寓意深刻。

进入庙堂，在闪烁的烛光下，城隍爷高坐大堂之上，黑白无常站立两旁，阴森恐怖。墙壁上还塑有地狱的景象，有油锅，有火海，阳世界作过恶的人，在此经受着惩罚。正如一副对联所云："阳世三界，积善作恶皆由你；阴曹地府，古往今来放过谁。"警示世人，从善做人。

在我们到来之前，有人送来了三十六盏酥油灯在案堂上，听说，布施上三十六盏灯，就等于做一个道场。我想这也许是个苦命人吧，或为父母，或为子女，在此祈祷，看似愚昧，实则善良。

晚10点整，我们在行施完烧香燃纸等一切程序后，将一只大红公鸡留在庙里的阴阳界下，另一只，作为引魂公鸡随我们启程。

雨中的秋夜，黑暗阴冷；阴森的庙宇，空旷无人。王姨的女儿一声声"妈妈回来"的呼唤，更显得悲怆、凄凉，打破了夜的寂静，我也似乎逗留在了现实与虚幻之间，不知所措。直至我们一行走出庙门，我才清醒过来，我的任务是驾车带王姨魂兮归来。

上车后，顺着"妈妈回来"的声音，不知是谁应了一句"回来了，坐车上了"，我将车子缓缓启动……古老原始的传统，现代化的交通设施，看似两不相干，今天竟然融合得天衣无缝。

　　回到家后，我看见王姨的精神头似乎好了一些。人常说，心病还要心药治，但愿通过这种仪式，能让老人得到一丝丝宽慰，增强抗病决心，挺过这次大劫。

2017年11月1日

杏树下的母亲，一幅永恒的风景画

在我家老屋的对面，有几株老杏树，它是母亲当年亲手种下的，历经了几十年的酷暑严寒，现在依旧生长得郁郁葱葱，生机盎然，我每次回去都要在此驻足流连。

听母亲说过，我很小的时候，曾经光着身子，光着脚，摘了别人家的杏子拿回家里。黄色的皮肤和黄色的杏子，纯天然的伪装，曾经让他们笑得合不拢嘴。

母亲说，以后再不能去摘了，那是别人家的杏子。

后来，我家房前屋后陆续长出了好多杏树，都是母亲种的，她不想让孩子们看着别人家的东西眼馋。

现在，母亲离开我们已近二十年，而老杏树依旧枝繁叶茂，傲然挺立在老屋的对面。

春天，一朵朵、一串串白色的花，覆盖在圆形的树冠上面，像一簇簇巨大的云团，装点着春天的美丽。当杏花渐渐凋零的时候，在树的下面又围上了一圈圆形的花瓣，五光十色，十分鲜艳 。

夏天，一颗颗、一串串杏子由青变黄，在绿叶的映衬下分外妖娆，让人垂涎欲滴。酸甜可口的杏肉，在炎热的夏日里，带来的是丝丝的凉爽和酸甜。杏子成熟后，摇一摇，金黄色的果实围绕树冠撒了一圈，金光灿灿，犹如走入童话世界。

秋天，一片片、一串串杏叶由黄渐红，是色调单一的黄土高坡上一道美丽的风景线。

冬天，一条条、一根根树枝不屈不挠，在寒风中挺立，它的坚强与隐忍，蕴藏着无限的生命力。

杏树，是家乡最古老的树种，是家乡最美的风景；杏花，是家乡开得最早的花，给我们送来了春的信息；杏果，是家乡成熟最早的果，向我们奉献它香甜的果实。杏树，更像是一位无私的伟大母亲，一年四季默默奉献，从不知疲倦。

今年6月，杏子成熟的时间，我又回到了这里。成熟的杏子挂满枝头摇摇欲坠。物质生活水平已极大提高的今天，水果资源丰富多样，赤橙黄绿青蓝紫，令人目不暇接，品种繁多得让人叫不出名来，所以老家里古老的杏子已不再稀罕，基本无人采摘，当年母亲带我们采摘杏子的画面变成了记忆。

记得在杏子成熟的时节，每当家里来了客人，母亲就会领上我们提着篮子来到树下，将成熟最早、个头最大的杏子摘下来招待客人。当客人对杏子的个头、香味提出夸赞时，母亲的脸上就会浮现出自豪而灿烂的笑容，因为这是她的劳动成果呀。她也会自豪地介绍她种的杏树和当地的品种不一样，她说那是爷爷从外地带回来的，个大、肉厚、味甜，不同于当地的"羊粪珠珠杏"。

"羊粪珠珠杏"是最古老的一种珍珠杏，个头小，形状圆，当地人形象地称其为"羊粪珠珠"，意思是像羊粪一样大小，现在成了稀缺品种，已不多见。

杏子下架以后，母亲又会将杏核收集起来，在一块砖头上刻出如杏核般大小的窝，放入杏核，用斧头砸掉硬壳，取出杏仁，晾干，储藏起来，后又调制成各种美味食品。

到了春天，母亲将杏仁煮熟，用盐水浸泡脱毒，去皮，用果仁拌上从地里掏回来的新鲜苦菜，调和上当地的小麻油，白色的果仁和绿色的苦菜搭配，色香味俱全。父亲常说，美吃不如美看。我们看上一眼，馋得口水都能流下来，不由得偷偷用手拈上几粒解解馋。虽然那个年代物质极度匮乏，但生活却被母亲调剂得有滋有味。

到了冬天，母亲又将杏仁焙黄研成细末，再把小米磨成粉炒熟，调和到一块，制成小米油茶，它是父亲出门务工的干粮熟食，也是孩子们最好的营养品。

当我们生病咳嗽的时候，母亲会将杏仁炒熟至发黄，研成末，给我们调水喝，她说杏仁能止咳。

现在，我们早已远离了老屋，曾经的一切都变得很遥远，只有老杏树还在默默地守护着老宅，无论酷暑严寒。

微风吹来，树叶飒飒作响，好像仍在向我们诉说着过去。

　　杏树下的母亲，伸手采摘杏子，孩子们双手举着篮子递上，生怕有一颗掉在地下。这一画面，永远定格在了那里，成了一幅永不消失的风景画，她那单薄的不知疲倦的身影，已凝成了永恒。

2018年7月30日

回望故乡

回老家过年

母亲过世后，父亲被我们强拉硬拽进了城，也不管是不是习惯，这一住就是好多年。

每逢除夕，我们也像城里人一样，在酒店定一桌年夜饭，然后回家围着电视看春晚，农村老家的年味，渐渐变得很遥远……

时光荏苒，转眼间我也近花甲之年。年龄大了思维也变，很想回老家过年。没想到，我的想法正合八十多岁老父亲的心愿。我们决定猴年春节回老家过年。

农历腊月的陕北大地，红装素裹，分外妖娆。安排完西安碎琐事情后，驱车直奔老家靖边。转眼到了西梁洼，家乡龙洲波浪谷景色尽收眼底。雪景中的丹霞白里透红，水上丹霞美丽"冻人"。瞬间，腾格尔的《天堂》在我脑海中回响，"这就是我的家……哎耶……"

老家的房子二弟他们早已收拾妥当。父亲是先我们一天到的家，见我们回来，高兴得合不拢嘴，像个孩子。百善孝为先，而顺父母者为孝，今年终于圆了老父亲的梦。

开门七件事，柴米油盐酱醋茶。几天的准备，年茶饭是异常丰盛了。杀了一头猪，宰了两只羊，准备了六只鸡，一颗牛头，四只牛蹄，还有一条十七斤重的大草鱼，外加猪下水、羊杂碎、年馍、年糕之类，听起来够吓人的。是的，陕北无肉过不了年，就是在过去最困难的年月里，年三十晚上的一顿肉也是要吃的。我们是一个四世同堂的大家庭，兄弟姐妹七人，加上老父亲以及孙子辈、重孙子辈，不下60口，正月初一开始陆续来拜年，肉少了还真不行。

关于过年家里杀了一头猪，是这样的，在父亲名下还有近20亩耕地，送我本家兄弟耕种，不收租，但他要负责关照我家房子。本家兄弟说这几年国家政策好，农民种地收入增加了，喂了两头猪，硬是给我们分了一头。农村人厚道，你敬他一尺，他敬你一丈。

年三十晚上的夜色是最暗的，星星点点的红灯笼，给乡村添了几分神秘。胆子小一点的人，一般是不敢出去的。也有胆大好事者，到了深更半夜，到村子里转一转，看一看是东家的灯笼亮还是西家的灯笼亮，善意地预测一下各家来年的景象。也听说，有所谓的高人、半仙，要到无人处守岁，观测天象，预测来年，祈祷保佑村人平安。

零点到了，燃放烟花爆竹。漆黑的夜空，顿时鞭炮齐鸣，火光冲天。孩子们的欢叫声、老人们的赞叹声、烟花爆竹声，还有受到惊吓的小狗们此起彼伏的汪汪声，乡村沸腾了，新的一年开始了。

喧嚣过后，大地又归于平静，勤劳朴实的父老乡亲，过了今夜，又要开始新的一年。面朝黄土背朝天，过了今年盼明年，年复一年。

2016年2月8日

春雪留人

　　浓烈的年味渐渐散去，弟弟、妹妹及孩子们因上班陆续离去，热闹、拥挤的乡下老家，顿时静了下来。我和老父亲商议，定于正月初五我们一起最后一批离开。

　　然而，早晨开门一看，瑞雪纷飞，大地一片洁白。女儿说，这是春雪留人。是的，人间有情，天公有意，陪老父亲多留几天也合天意。

　　在这难得的空闲里，决定带着妻子、女儿来一次风雪丹霞浪漫乡旅。

　　早春二月的陕北大地，本就寒意未退，刚好又遇到全国大片大风降温降雪天气，寒意更甚，我们冒着零下12度的严寒，顶着风雪，直奔靖边龙洲丹霞景区而去。

　　一路上，北风呼呼地响，大雪飘飘洒洒。大风裹挟着雪花，从红砂岩上飞流而过，向上看像飞瀑，向下看像流水。女儿赞叹这是流动的雪。我们见多了飞舞的雪花，而流动的雪却是难得一见，这种自然的景观真是神奇！

　　进入丹霞腹地，突然风雪更急，零零散散的游人知难而退，我们一家人却硬是坚持了下来。是啊，不经风雨，哪见彩虹，风雪丹霞，人生能游几回？

　　有一些自然景象是可遇而不可求的，风雪丹霞正是如此，一般是有雪无风或有风无雪，大雪封山很难进得去。而此次大风将路面积雪全部吹开，才让我们得以顺利进去。

春风吹动雪花，像风像雾又像雨，把丹霞地貌装扮得色彩绚丽、形态各异。

有的似扇贝，有的像海螺。

有的如巨笋出土，有的似待放的花蕾。

有的像海豹、海狮、海象，在礁石上躺卧、嬉戏。

有的似群猴望月。

有的气势不输高原雪山。

有的如礁石，经受着海浪的洗涤。

雪中丹霞，美景无限，令人目不暇接。此次风雪丹霞游，虽然经受了点风寒，却见到了平常见不到的奇特景观。

春雪留人，也留住了我对家乡美景的无限眷恋……

2016年2月14日

又见炊烟

不知不觉中，记忆中的炊烟已经十分遥远。

2016年的春节回老家过年，见到村子里屋顶上升起的袅袅炊烟，又勾起了我童年的记忆……

家乡的炊烟曾经是母亲无声的召唤。

小时候，在放学回家的路上，每当望见家中烟囱里冒出的炊烟，便会放弃和小伙伴们的玩耍，加快脚步回家吃饭。我知道，那是母亲无声的召唤。

炊烟是我们乡村的"北京时间"。

1975年我高中毕业，参加生产队的集体劳动，挣的是工分，因年龄还小，大人们每天挣十分，我挣六分。因为当时吃不下那种苦和累，每天盼望的就是看村里的烟囱什么时间冒烟，我们当时叫作"放火"，意思是放火做饭了，我们就能收工休息回家吃饭了。

那个年代，手表是稀缺物，是大干部的配备。农民们才不管什么北京时间，日出日落就是一天，田间耕作的时间安排，靠的就是炊烟。

这段经历也让我终身受益，理解了衣食父母的深刻含义。

炊烟是乡村的灵魂，是生命的繁衍。

邓丽君的"又见炊烟升起，暮色罩大地……夕阳有诗情，黄昏有

画意……"活现了浓浓的乡村生活气息及对自然的赞美。

民以食为天，炊烟是生存，是希望，是永续的香火，是生命的生生不息，所以才受到历代文人墨客的赞美。

炊烟若雾，随风飘拂，然而并非全是诗情画意，它也让我想到了雾霾。

炊烟，顾名思义，就是在做饭时柴炭燃烧后从烟囱里冒出来的烟雾。它和霾有着近亲关系，量变到质变，集聚多了，就成了霾。也许在可预见的将来，炊烟真的有可能变成回忆，农村使用清洁能源也并非遥不可及，到那时，我们的家乡可能会变得更美。

然而，现阶段我们仍然生活在雾霾之中。英国等西方发达国家，就是从雾霾中走向了蓝天。

　　治理雾霾需要时间，边发展，边治理，中国梦定会实现，蓝天白云就在眼前……

　　我赞美炊烟，但又企盼蓝天！

2016年3月7日

老屋沧桑

我慢慢地推开了尘封已久的老屋大门，随着古老的门轴发出干涩的吱吱声，我的心跳也在加快，院子里荒草萋萋，几孔老窑洞孤独地伫立在那里，就像饱经沧桑的老人，等待着游子的归来。

这，就是我家的老屋，养育我长大成人的地方，现已空置了多年。

今年春节，我们兄弟姊妹几人陪同父亲回到老屋看了看，窑洞依旧在，但是人去窑空，已没有了往日的温暖。

站在苍老而又略显破旧的老屋门前，闻着熟悉的泥土气息，童年的记忆，一幕幕在眼前浮现。

忘不了爷爷督促我上学时威严的声音，也忘不了奶奶看见我放学归来慈祥的笑容。院内留有母亲忙碌的身影，还有父亲放羊归来的吆喝声。老院的鸡鸣犬吠，小孩子的打闹嬉戏，好像就发生在昨天。

窑洞建于20世纪60年代末期，是爷爷和父亲一镢头一铁锨亲手挖出来的，然后再给砌上了砖面子，使土窑洞变得整齐耐用和美观。它是爷爷的杰作，也凝聚着父亲的心血。

1966年"文化大革命"开始后，爷爷蒙冤，从单位回到老家。在接受批斗后的空余时间里，爷爷想到了要改善一下居住条件，便带着父亲挖出了五孔土窑洞。

在此之前我家住的窑洞是我老爷那一辈的祖产，从奶奶保存下来的几份契约中，也能见证当年的那段历史。

我太爷爷所置的房产分为三大院，分别为东院、西院和当院（中院）。民国二十八年（1939），老爷从家族里分到了叫作当院的几孔窑洞及部分田产。民国三十二年（1943），老爷又花了二千二百元大洋，收购了一些土地和树木。

到了爷爷掌管家事的时候，爷爷参加了革命，贡献出了祖上的田产。陕甘宁边区政府给爷爷发了两孔窑洞的房窑证，而实际使用的是三孔，即使这样，居住仍很困难，这就促使爷爷下决心搞一次修建。

新打的窑洞，坐北朝南，向阳而大气，窑洞前又搬来了太爷爷和老爷当年购置的古老的大门（当时叫楼门）。楼门大院，让父亲在庄邻院舍面前很是风光了几年。

古老的楼门现在仍默默地伫立在这里，它是我家目前最有纪念意义的房产，距现在已有一百多年的历史。太爷爷是清朝举人，老爷是秀才，从大门的青砖大瓦上也能显现出祖上当年的风光。

窑洞建好后，父亲又购置了石碾子和石磨，生活设施更加完善。老屋门前碾磨俱全，大门外是猪羊满圈，自己种地，自己碾米，自己磨面，一个完整的自给自足的小农经济体在这里有序地运转。"文革"后期，爷爷也恢复了工作，后离休回家，在此安度了晚年。

每当夜幕降临，炊烟袅袅，牛羊归圈，窑洞里煤油灯透出了柔和的光线，劳累了一天的父母亲，抖落身上的疲惫，享受窑洞的温暖。

我家从太爷爷算起，耕读传家已有几代。爷爷小时候上过几年冬学，20世纪50年代，又受组织委派，在西安初高中一贯制中学学习了两年。唯独到了父亲这一辈，受到当时条件的限制，没有上过一天学，这是父亲一生最大的遗憾。从我记事起，父亲对此事一直耿耿于怀，经常向爷爷提及。

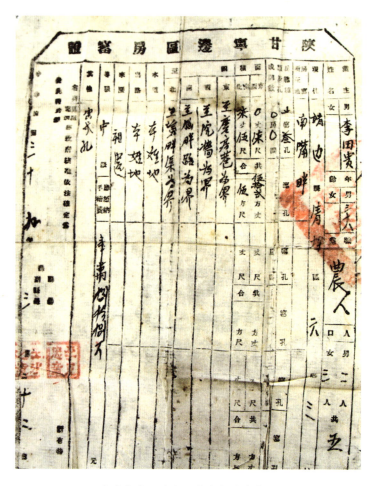

陕甘宁边区政府给爷爷发的房窑证

　　现在想，爷爷忙于革命，爷爷的母亲还健在，需要有人照顾，家里上有老下有小，父亲没上学也属无奈。

　　父亲誓言要把他没有上过学的缺憾从子女身上补回来，再苦再累也要让子女们识字上学。父亲包揽了家里的全部农活，保证了子女们的上学时间。在那个年代，农村有一半以上的家庭，孩子读到一二年级就辍学回家，帮大人种地干活，或者放羊。用他们的话说，当农民能识上几个照门的字就可以了。我们应该感谢父亲的辛劳和远见。

但是让父亲没有想到的是，供孩子们上学识字后，一个个就像长了翅膀一样，飞离了老屋。特别是当二弟和三弟参加工作以后，年迈的爷爷看着曾经充满生机的窑洞，最后由几个大人留守在这里，常常感叹世事变化太快。

听奶奶说，爷爷经常呆呆地坐在老屋的对面，好像在等谁，想起来不由得让人伤感。我更是忘不了奶奶在这里一次次目送我的离开。

随着爷爷奶奶的离世，父母亲在此住了一年后，也不得不搬离。曾经的繁华，成了故事，化作了记忆。

父亲有一次回到了这里，看到老屋日渐破败，伤感哽咽。从此，父亲再也没有独自去老屋看一眼，每次回去必须有人陪伴。

现在，我们按照父亲的建议，已对老屋做了保护性的处理。

沧海桑田，世事变迁，也许我们会为老屋的落寞而叹息，但是，时代在进步，我们已经回不到那个年代。

人年轻的时候，对未来憧憬得多一些，步入老年时，恋旧又占了上风。

我想，只要老屋不倒，我这辈子就永远有家可回。因为这里有我多彩的童年，更有陪我生长的一切乡情乡恋！这里有我对爷爷、奶奶及父母亲永远也抹不去的记忆。

乡愁如酒，愈久愈浓！

2017年6月5日

往事如歌

在靖边县龙洲镇龙二村的十字路口，有一座石碑，它是老支书闫俊仕同志去世两年后，龙洲村村民自发为他立的功德碑，碑中记载了他一生带领村民治沙治水的不朽业绩。

今年，距离老支书去世已整整二十三年，岁月如风，往事如歌，当乡亲们谈起龙洲的变化时，对他当年带领大家治穷致富的事迹，仍然念念不忘。

龙洲村地处毛乌素沙漠南缘，20世纪60年代以前，方圆百十平方公里的土地，沙圪梁占了一半，春季大风一刮，黄沙漫漫，铺天盖地。

有人描绘说："黄沙滚滚天地暗，荒山秃秃无草见。吃粮靠返销，花钱靠贷款。"遇上沙尘暴，中午吃饭还要点上煤油灯照明，晚上，就连本村人快到家门口时迷路也是常有的事。

小时候，记得在一次晚饭中，听见我们村的李大爷在我家对面问路，问我们是哪一家，说风太大迷了路。问了父亲以后，李大爷和父亲都大笑起来，原来已到了家门口。

这话现在听起来有点像天方夜谭，也许有人会说我是杜撰，但这是真实的故事，是我亲耳所听，亲眼所见。

可见，当年的自然环境是多么恶劣。

据老支书的儿子闫润堂讲，1955年农业合作化以后，他父亲当时还是民兵连长，就开始谋划要改变这种现状。

他说："这一思路起源于父亲年轻的时候，在三边拉骆驼途中，路过定边时，见到山上下来带着泥沙的洪水填平了沙丘，水干了以后，沙梁就变成了一块平地。父亲就想，能不能在老虎脑山下修建一条水渠，让山上下来的洪水，变害为宝，引洪漫地，一举两得，造福于民。"

当他就任龙洲大队联合支部副书记以后，便带领村民，开始了对龙洲山山水水的综合治理，而且在副支书这一岗位上，一干就是几十年。

在建设土桥水库的过程中，他也是顶着很大的压力，冒着一定的风险。

1958年，在县水利局的主导下，鸭河沟上建起了第一座大坝土桥水库，可惜靠人工夯打，坝基不结实，被山上下来的洪水冲垮。这次的失败，也给村民心上留下了一些阴影，重新建设，自然遭到了一些非议，认为是劳民伤财。

但是，困难并没有让他气馁，他顶着压力，总结上次失败的教训，发明了水轮冲土坠坝技术，既加快了工程进度，又提高了工程质量。1961年大坝二次建成。

他的水轮冲土坠坝技术也获得了陕西省农委"科技推广一等奖"，并在马德里举办的世界技术交流会上被广泛推广，填补了世界库坝建筑史上的一项技术空白。

龙洲的雷珠祥老人，是当年和老支书并肩战斗的战友，曾任民兵连长、营长，回忆起当年战天斗地的场面，他仍然激情澎湃，对老支书充满着无限的崇敬和怀念。

他说，老支书干起活来身先士卒，有一种常人所没有的魄力，甚

至到了忘我的境地。

据他讲，1965年8月，"龙洲大会战"如火如荼，在一个大坝即将合龙的关键时刻，老支书的爱人积劳成疾，突然病逝。当他的五弟来到工地让他回去时，他看着即将合龙的坝体，还有几十位奋战在工地上的父老乡亲，1958年垮坝的教训又在他眼前浮现，孰轻孰重，他心里明白，最后强忍住泪水，用手推开了五弟，让他回去先做安排，他随后回来。紧接着，他又投入到了紧张的工地，继续指挥，直到坝体合龙。

当他拖着一身的疲惫，满身的泥水，回到家里，面对着未成年的一男三女（最小的女儿才三岁，儿子八岁）以及亲朋好友质疑的目光，这个顶天立地的硬汉子，在妻子的遗体前久久不愿离去，脸上已经分不清哪是泪水哪是泥水。俗话讲，"男儿有泪不轻弹，只是未到伤心处"，是内疚，是惭愧，是遗憾，还是委屈？只有他自己心里明白。

安葬了妻子，他顶着亲戚朋友们的冷言冷语，又一头扎入新的工作中去。

有人骂他忘了自己是谁，确实，有时候他好像真的忘了他是谁，但是村民们知道他是为了谁。

就这样，他几十年如一日，在副支书的岗位上，带领大家一个工程接一个工程干下去，对龙洲涧的山、水、林、田、路实行了综合治理。

几十年的副职，几十年的付出，任劳任怨，无怨无悔，只知道干活，不计较正副。

几十年来，龙洲村的村支书换了多少任，人们已很少谈起，唯有这个副支书，人们以"老支书"的称呼叫了他一辈子，直到现在。

就这样，他先后带领村民，打淤地坝，减少水土流失。利用老虎脑山上下来的洪水，引洪漫地，治沙造地五千亩。在土桥、大湾畔、胡坪建起了三座大型水库，使龙洲村一万多亩滩涧地全部实现了抽水灌溉。

他常说："只要老虎脑山头不平（不倒），龙洲人就不穷。"因为无论是引洪漫地治沙，还是建水库，都是围绕着老虎脑山实施治理的，因为它是龙洲的水源地，靠山吃山。

同时，他对紧邻龙洲村的毛乌素沙漠"红眼沙"地带实施植树造林，控制沙漠向南流动。对龙洲的农田，以百亩为单元，植起了网框护田林。1990年起又打深井建水塔，实现了全村饮用水自动化。

所有这一切，龙洲人民都记在心里，由黄国恩先生撰写的纪念碑文，记载着老支书的丰功伟绩：

> 四壁青山绿，水库明镜开，碧波荡漾间，渔舟摇舸摆，渠道密如网，水地连阡陌，网框林葱郁，道路其间排，公路通县城，车水马龙奔，土窑变砖房，家家气象新，自来水进家，电灯若星辰，电视看世界，广播听新闻，教育大发展，富裕加文明，工农商贸兴，一派小康景。

这只是1995年时的情景，现在的龙洲村更是丹霞红盛，苍山叠翠，绿水环绕，村民们的生活已今非昔比。这一切都与老支书当年的付出是分不开的。

我和老支书正式的会面只有一次，1993年年初，他去神木办完事路过榆林，我们一起吃了个便饭。那时他早已退居二线，但"老骥伏枥，志在千里"，他还惦记着龙洲经济的后续发展，因为他知道我在银行上班，所以找我探讨有关项目的资金筹集问题。

没多久，就听说他病了，又没多久，就听说他去世了，没想到我和闫老的那一次会见，也是最后一面。

现在，龙洲村四十岁以下的人，对老支书的事迹了解得不是很全面。我今天写下的这点文字，也是诚惶诚恐，他的精神，他的事迹，岂能靠这区区几笔写得完。但是，我想写，因为好人是值得怀念的，正如《往事如歌》里唱到的：

"就让往事像首歌吧，想起的时候轻轻唱起。就让往事像首歌吧，最美的回忆留在心里。"

2016年9月26日

二 舅

　　二舅今年七十三岁，在我母亲的兄弟姐妹中他是最小的一位，也是目前唯一健在的一位。二舅从小家境贫寒，初中只读了一年半，便由于家里的经济状况再也支撑不起他的学费，回家务农了。

　　现在，二舅已进入古稀之年。让人奇怪的是，不知什么原因，从六十岁开始二舅对数学产生了兴趣，一个一生面朝黄土背朝天的农民，他的举动着实让人有点费解，而且他这一研究就是十三年。更重要的是他向圆周率发起了挑战。他说圆周率3.1415926……是不对的，应该是3.20，是有理数而不是无理数。为此，他跑遍了周边的每一个中学，为他的研究成果呼喊，刚开始，还有人听他谈谈，不过也是听听而已，认真者没有，到后来便是退避三舍，连面都不愿意见了，都说二舅疯了。

　　二舅的一生确实也不太顺利。1946年出生在靖边县龙洲镇马圈村的一户贫困家庭里，五岁丧母，是我的外爷独自把他拉扯长大。成家后，又遭遇了与前妻的离异。一生中只有这个初中肄业的学历给他带来了短时期的好运。

　　先是村子里安排他在马圈村小学当教员，后来龙洲涧的三个村子，包括马圈村在内合并为一个生产大队，即龙洲大队。当时这个村子五千多人口，号称榆林地区第一村，这是20世纪70年代初的事情。后来由于村子的体量太大，不便于管理，便又分为三个村，即现在的龙一村、龙二村和龙三村。二舅和我都属龙二村。当时大队的"革命委员会"主任和副主任分别由三个村子的能人担任，没文化也不要紧，只要政治上强就可以。但是大队会计的人选必须要能打会算。选来选去，最终选中了二舅，他们认为二舅脑子灵，会算账，便从马圈村小学调二舅去龙洲大队担任会计。

二舅能够上调到大队，还是得益于在马圈村小学任教的经历。当时正是20世纪70年代中期邓小平恢复工作，任国务院副总理抓教育整顿的时期。二舅任教的马圈村小学出来的学生在龙洲各个小学的初高中升学考试中是名列前茅的，所以二舅的文化水平得到了大家的认可。

这是二舅人生最得意的时期，上调至大队工作，也算是步入村子里的权力层了。刚开始几年，干得还算是顺风顺水，顺利的话或许还能再熬个副主任什么的当当。但是后来由于各个村子的利益分配等问题，班子里的矛盾就多了起来，不善于周旋的二舅已很难应付得过来了。

俗话说人死离不了鬼抬。有一天，大队部失盗了，二舅保管的三百二十元现金不翼而飞。在当时来说，这可不是一个小数字，以一斤羊肉几毛钱计算，一只羊也就是值几元钱，三百二十元能买一群羊了。二舅被大队审查了一个多月，到最后案子破不了，事情也就不了了之。但是，"秀才遇到兵，有理说不清"，二舅作为责任人被辞退回家，连小学教师也当不上了。所谓城里的事情没赶上，乡下的也给耽误了，二舅因为此事受到了很大的刺激，从此，一生情绪低落。

今年春节，我照例去二舅家拜年，谈话间，自然就说到了他的数学。其实，二舅研究数学从一开始我就知道。十年前我在榆林工作期间，接到二舅的电话，他说他在榆林学院门口，身上带的钱花完了，而且快有一天没吃饭了，我给他买了一碗炖羊肉，又给足了路费，让他早点回去。他说，来榆林几天了，在榆林学院找教授探讨数学，一听说向圆周率发起挑战，都避而不谈了，反倒是受到了同学们的热烈欢迎，学生们利用课间休息时间，前呼后拥地将他推向了讲台，听他讲解。被老师发现后又被推出门外，就这样，讲讲停停，躲躲闪闪地和学院的老师们捉了几天迷藏，路费也花完了。

看着狼吞虎咽吃完一碗炖羊肉的二舅，听着这一灰色幽默的故事，我真的是哭笑不得了。

这次，他又说到他曾四次上北京的事。北大、清华、北师大他都去了，当听说一个老农民在否定圆周率，也自然无人搭理了。倒是教育部接待了他，只是建议他去专业机构探讨。他认为专业机构非中科院莫属。为此，他又来到了中国科学院，但是中科院有武警把守，他连门也进不了。

二妗子说，二舅这十几年来，为他的事奔走宣传，几乎掏空了家里的所有积蓄，光计算的草稿纸及打印成的材料，就能装几麻袋。家中的小木板，旧纸箱上，到处都有二舅研究和计算的笔迹。仅计算方法、公式就有整整一大本子。

望着家徒四壁的二舅，不由得让人心里发酸。我为一个古稀老人孜孜不倦的钻研精神而感动，也为他挑战不可能的结果感到深深的遗憾。但是二舅说，等他攒够了路费，还要去北京。

我们普遍的认知是，圆周率是一个无限不循环小数，永远没有尽头，就是计算机高度发展的今天，仍然无法把它计算完，证明了圆周率确实是一个无理数，而且在这个领域还存在着很多难解之谜。

我对二舅的研究，既无法认同，也没有能力否定。只是对他个人而言我认为没有必要。古人说，人生七十古来稀。人生苦短，享受好余生，才是他应该追求的生活目标。但是二舅说，人类的历史就是在不断地否定自己的过程中前进的，探索没有错。我说，话是对的，但是在你有生之年会有结果吗？既然已知今日，又何必当初呢。但看来他已深陷到他的数学王国无法自拔了。也许这是他的一种精神享受，他的精神世界我们不懂。世人笑他太疯癫，他叹世人看不穿啊！

既然我说服不了二舅，就顺祝他老人家老有所乐吧！在道别二舅返回的路上，我的心情很复杂。我在想，他这样执着究竟是为什么呢？难道他真的在数学王国里发现了什么前无古人的秘密？

这让我想起了几年前在天津电视台《非你莫属》的真人秀节目中，只有初中学历的辽宁抚顺下岗工人郭英森提到"引力波"时，遭到一群高知人士无情嘲讽和戏弄的场景。

当老郭提出他研究的新理论和新发现，认为可以使汽车不用车轮，使人的生命无限延长时，他几乎再无说话的机会；当他准备拿出相对论量子力学公式时，却被无情地打断了。一场《非你莫属》节目变成了一场"耍猴"大戏。

后来美国的科学家研究发现"引力波"是存在的，人们这才说我们欠老郭一个道歉。

人类发展的历史有时候就是这样，在探索真理的道路上代价是很大的，哥白尼当年提出"日心说"的时候就被教会活活烧死在广场上。

史蒂夫·乔布斯说："只有那些疯狂到认为自己可以改变世界的人，才能真正改变世界。"

是啊，未知的世界，一切皆有可能。也许，二舅的探索是对的。也许，没有也许。

2019年2月21日

我的同学齐唤唤

　　齐唤唤是我小学到初中的同学。他的大名叫齐军祥，唤唤是他的小名，现在虽然已是花甲之年，但是小时候的同学以及村里的长辈们，还是习惯地称呼他为齐唤唤。一是齐唤唤小时候特别调皮，给村里人留下的印象深一些，二是他的大名启用得稍微晚了一点，所以称呼他小名也就习惯成了自然。

　　同村人之间谁要是把齐唤唤叫成齐军祥，对方有时会用异样的眼光看看你，就好比一个常说家乡话的人，突然讲起了普通话，少了一种朴实感。

　　齐唤唤比我大三岁，小时候他特别调皮好玩，而且他的固执劲一上来，大人们没个三五声是不能把他唤回头的，当年我也曾是他的小跟班。

　　初中毕业后，我们就各奔东西了。我去县城读高中，他回家务农。1977年恢复高考制度，回家当了四年农民的他，按压在心中的求学欲望被重新点燃，终于如愿以偿地考上了榆林师范学校，毕业后成了一名受人尊敬的人民教师，而我，则在一家国有商业银行默默奉献了一辈子。

　　各忙各的事业，不经意就是几十年，有时我们各自回到村里，也只能得到关于彼此一点零星的信息。

大概是2000年，我忽然听到一个让我颇为震惊的有关他的消息，说是齐唤唤不教书了，又回到村里，因为身体的原因病休了。当时他才四十多岁，正是人生如日中天的黄金年龄段，怎么就会病了呢！我为他的教学事业半途而废深感惋惜，并由此也产生了一时的同情和怜悯。一个人如果没有一个好的身体，什么理想和事业都是空的。

然而，又过了十几年，也就是2016年，我偶然在"中国好人榜"上看到一个似曾相识的名字——齐军祥，再看照片，不由惊呼，这不是齐唤唤吗？他不是在家养病吗？怎么会出现在"中国好人榜"上？

原来，他回家养病后，来到了他小时候曾经居住过的老家齐山。望着几十年未变样的光秃秃的大山，萌生了在荒山梁上种树的想法。刚开始是试着干，然而开弓没有回头箭，这一干就让他恋上了这一带山，竟然以常人无法想象的毅力，独居深山十六年，忍受着常人难以忍受的寂寞和艰辛，在齐山方圆五千余亩的土地上，种植了超过三十六万株树，植绿了几十个小山头，修通了连接各个山头的长达六十多公里的道路，打淤地坝十四座，用一双手实现了战胜一带荒山的奇迹。

啊，原来退隐江湖十几年的齐唤唤，竟然是在"闭关修炼"，一朝出山，已是神功盖世了，难道有神相助？为此，我决定上一次齐山拜会我的这位神秘的同学。

2017年的一天，我上了齐山。

齐山，是位于靖边县龙洲镇东南的一条大山梁，属于白于山系。白于山古称白露山，也即《山海经》所记载的白玉山，东西走向，主要位于陕西省的西北部，在陕西省境内属于三大贫困山区之一。

历史上的齐山，据说在宋时就有齐姓人居住，所以称作齐山或齐家山。自古以来，农民依靠广种薄收来维持生计，生活无保障。有时三年无收成，丰收了或许能吃三年。

二十世纪六七十年代，全国兴起"农业学大寨"运动，我们龙洲村也一样，开展了轰轰烈烈的农田水利基本建设，最后旱地变成了水浇田，齐山上的村民也都搬下了山。从此，齐山就逐渐开始撂荒了。

我上齐山，这算是第二次了。第一次是在四十多年前，大概是1976年，高中毕业后参加了生产队的集体劳动，当时齐山上的土地属于生产队集体所有，队里派我和几位叔伯去齐山上耕种荞麦。

齐山沟壑纵横，水土流失严重，种植一般的农作物很难有个好收成，但是适合种荞麦。荞麦对生长环境要求低，生长期短，属于救灾作物，而且陕北地区干旱少雨，一年之中有限的降雨量也主要集中在秋季，而荞麦一般在三伏后播种，正好能赶上雨季。

记得那时我们中午就在齐唤唤家废弃的旧窑洞里休息，吃的是从家里带上山的水和玉米面饼。当时正下着小雨，山上的坡地很陡，在山坡上连滚带爬一天下来，我就变成了一个泥人，这让我初步领教了在齐山上生存的艰辛和不易。

1978年实行土地联产承包责任制以后，因为这里曾是他们的祖居地，于是齐山的土地又大多承包给了齐姓村民，这为齐唤唤后来在此大展拳脚创造了客观条件。

我这一次是沿着齐唤唤同学修通的道路开车上的山。看见我到来，他放下手上的活计，带我参观了他的"领地"。他说他目前的绿化面积大约是3.5平方公里。我顺着他的手势放眼望去，从一个小山头到另一个小山头，山峁沟壑间绿意盎然。松树、柏树、柳树、杨树、桃树、杏树、枣树，树种很多，宛若一座花果山，和我四十年前印象中的齐山有着天壤之别。

为了照顾我的体力，他选择了几处沟壑不是很深的山峁带我参观。当时已是秋天，天气已经凉爽起来，尽管这样，未走多远，我已是气喘吁吁，汗流浃背了，而他顺路整理倒伏的树苗，上坡下沟，跳上跳下，如履平地，这哪里能找到当年病休在家的书生的影子。

在回程的路上，他向我讲述了他上山创业的前后经历。他说在病休之前，他身体不太好，加上工作中的一些不愉快因素，促使他决心离职休养，最后走上了现在这条路。

我听出了他的言外之意。人的一生会遇到许多难以周旋的事，有时会受到很多不公平的对待，这就是我们常说的，做人难，难做人。就是具有七十二变本领的孙悟空，遇上了肉眼凡胎的唐僧，不也是出力不讨好，曾一度重返花果山，做起了他的齐天大圣吗？

我说，你上齐山要比孙悟空回到花果山艰辛许多倍，因为当年的猴哥还有小的们可供使唤，而你一个人要在这荒无人烟的孤山旷岭里生存和创业，这要有多么大的勇气，这样的胆略，可谓非"妖"即"圣"也。他笑着说，那我就是"齐山老妖"了。我说，应该叫"齐山大圣"才能和猴哥有一拼啊！

谈笑间，我们来到他的住地。不看不知道，一看吓一跳，这哪里像个人住的地方。门前是一个羊圈，打开羊圈的栅栏，穿过羊群才能进到他的家里。

这让我很是不理解。我说，你一个人一座山，就连一个圈羊的地方也没有吗？他说，刚开始一个人住在山上，说不怕那是假话，孤山旷野，晚上有什么风吹草动还是睡得不踏实，所以他就让羊群围在门前为他做伴，如果有什么东西上门，首先要经过羊群，过羊的这一关。

我的神啊，这种自欺欺人的壮胆法，亏他能想得出来，真是堪称一绝了。我为他的这一想法称奇，也为他处于这种无奈的环境而叹息。这样的生活、工作环境未免太过残酷了。我说，这样的好人就是求我当，我也是不敢当啊！

其实，他的家庭生活条件是很优裕的，在县城里有车有房，爱人是高级农艺师，工资很高，他自己的教师职称也不低，几个孩子也都有很好的工作。听说当年鄂尔多斯的一家绿化公司要出资一千万买他长大的松树，然后再供给他树苗补种起来，他说给三千万也不能卖。这确实让人难以理解，到手的收入不要，这不是犯傻吗？

是的，他就是这样一个人，只要是认定做对了的事情，再大的诱惑也很难将他唤回头。他给我说，长了十几年的松树，一下子被挖走了，补种的小树苗要长到现在这个样子又要十几年，这样做我真是对不起我自己。当年造林，花光了工资和部分积蓄，没有别的目的，就是要让齐山的山变青水变绿，好容易熬出点结果，我不能自毁长城。

中央电视台中文国际频道一个栏目组对他进行了采访，当年轻的记者姑娘看到他如此的生活状况时，止不住哇的一声大哭起来，忙得他不知如何安慰是好。是啊，我们一般只看到罩在他身上的"中国好人"光环，而看不到光环之外的艰辛和汗水。

是的，天道忌巧，聪明人用的都是笨办法，所以才走向了成功。

进到他住的窑洞里，我看到简易的炕头上堆放着很多书籍。令人尊敬的齐老师，再苦再累也始终没有放弃对知识的追求。

到此，我豁然明白：情系山水，心随自然，是健康的源泉；夺不走的知识，是战胜一切困难的动力。

告别齐唤唤，离开齐山，我自然是一路无语，车载音乐里飘出了歌声："人生一世不容易，一程风来一程雨，几番潮落潮又起，几番坎坷和崎岖。……漫漫长路历尽磨砺，十年河东十年河西。"

转眼又过了几年，到了2019年4月，靖边县龙洲中学初中部七三届同学相隔四十五年后相聚了。当年龙洲丹霞地貌里的这群火红少年，随着四十五年的斗转星移，现在都已到了花甲之年，这时离齐唤唤上山创业也近二十年了。看着一张张熟悉而又陌生的面孔，想起在那个纯真的年代里留在记忆深处的画面，大家感慨不已。

乡情浓似酒，在外地上班、经商的同学也都赶回来了，相互呼唤着对方的小名。齐唤唤当然也是焦点人物之一，有人开玩笑说，当年你向女同学书本里夹纸条的事还没解决，怎么现在又当起好人了。大家在玩笑中争先和他合影，说是要"立此存照"作为留念，也可以在朋友面前炫耀一番，因为我们有个同学是"中国好人"。

　　我再一次受到"中国好人"魅力的感染，便轻击键盘，敲下了这篇文字。写给齐唤唤，也写给一生中有着各种不同经历的同学们。

2019年5月8日

又见貒影

一场秋雨过后，丹霞龙洲的早晨已有凉意，薄雾将村庄笼罩，远处的山峦清幽缥缈、若隐若现，朦胧之中略显神秘。

我坚持着早晨散步的习惯，绕着老家的房子转圈。侄子李波刚收留的一只流浪小狗，也跟着我在撒欢，一会儿跑前，一会儿在后，这边闻闻，那边嗅嗅，有时会翘起它的后腿撒上几滴，宣示这是它新的领地。

这一小小的动作，让我产生了联想。我在想，动物的领地意识，也就是生存意识，是它们的祖先在长期的生存斗争中传下来的，是与生俱有的，就连食物无忧的宠物狗，仍保留着祖先的遗传基因。看来，地球上的动物都以食为天，不仅仅是人类，可人类挤占了动物太多的生存空间。

忽然，小狗汪汪的叫声让我回过神来，我跟随前去，发现了一地鸡毛和吃得只剩下半只的大公鸡，我不由得向前后左右看了看。

眼前，晨雾朦胧，四周出奇地静，仿佛有只大老虎潜伏在我的后面，正在等待出击的时机。我顿时感觉到后背发凉，头发根勒得很紧，仓皇回到了家里。经过父亲清点，少了两只大红公鸡，在鸡舍的墙角下边，不知什么动物，在晚上挖开了一个洞。

父亲本来随我们在城里居住，今年夏天，他说农村空气好，出行方便、清静，便留了下来。

父亲一辈子勤劳，闲不住，院子里种了一点小菜，养了几只鸡，生活过得悠闲自然。

是什么动物来拜访这块清闲之地？根据现场分析，如果是黄鼠狼，不需要打洞，翻墙进入鸡舍轻而易举，狐狸也不善于挖洞，狼在当地已没有了野生能力，野狗更不可能。

经过走访左邻右舍得知，村里的张大嫂家，前不久也被不明动物光顾。她说，早上起来，看到院子里有一只似狗非狗，似猪非猪的怪物跑出，吓得她两条腿直打哆嗦。她还说，还有几户人家的鸡，今年也陆续被不明动物叼走，而且大多也是从墙根挖洞进去的。

听完描述，凭经验，父亲初步认定是已消失多年的貒子又"重现江湖"。

貒，是哺乳动物中的鼬科动物，也叫獾子，一般在夜间活动，性凶猛，食杂，以植物的根茎、果实或虫、鸟、鱼、鼠为食，其骨、脂肪皆可入药。后来，随着人们的乱捕乱杀，在不知不觉之中，貒子逐渐从人们的视野中消失。

记得在小的时候，村里为减少貒子对玉米、薯类等农作物的侵害，到了秋季，村村联合，组织社员，轮流在夜间值班巡逻，敲打着破洗脸盆，举着马灯大声吆喊，对貒子进行驱赶。

有时候，在夜深人静的时候，偶尔还能听到寂寞的巡夜人，从远处飘来悠扬的信天游歌声，宛如天籁之音。

听说，貒子在当地主要有两种，即猪貒和狗貒。猪貒的鼻子类似猪，故得名。当地也有传说，还有一种叫人貒，其踪迹类似小孩的脚印。

这些，我都没去考证，小时候只记得蓝蓝的天空中飘着白云，老鹰

在高空中悠悠地盘旋俯视，野鸡煽动着美丽的翅膀，拖着长尾，从房前飞过，狐狸狂追着野兔旁若无人地从我们面前跑过，就是没机会看到貐子的真容。

没想到，几十年后，机会却出现在身边，我好奇的神经得到了刺激，决定一探究竟。

我根据张大嫂的叙述，也起了个大早，天刚破晓，便在房前屋后巡视，以期待再现貐影，运气好的话，还有望一睹人貐的"芳容"。说不定这个所谓的人貐还是个聊斋奇女子。

但是，无论我是凝神静气地悄悄潜伏，还是到最后失望地故意弄出点响声，这个神秘而美丽的精灵，连续两个早晨都没有给我面子。

最近，在靖边新闻网上看到，县野生动物保护管理站处理了几起非法贩卖野生动物的案件，其中就有貐子。我恍然明白，随着生态环境的改善，执法保护力度的加大，貐子真的又回来了。

我在欣喜、好奇之余，也小小地思考了一回。

地球，是所有生物的地球，在不威胁人类生存的前提下，为什么不能对动物宽容一点？

我们生活的这个蓝色星球，本来就是一个多姿多彩的世界，任何一种生物都不能单独地生存，保持地球生物的多样性，人类才能避免孤单，才能享受生态平衡带给我们的福利。

在地球这个大家庭里，人不能太霸道，应该少一点贪婪，多一些共存意识。

归来吧，久违的貐子。

让更多的人，欣赏到你的靓影。

2016年10月9日

故乡的墩台

村子东边的山头上有一个墩台，没有人能说清楚它是建于秦还是始于汉。

昔日的狼烟烽火早已消散，在人们的眼里，墩台就是一个大土堆，作为一种自然地貌而存在。

从我懵懂的儿时起，墩台就在我的记忆里。当太阳从东边升起，高高的墩台，拉下一个长长的影子，随着太阳渐渐升高，其影子又在逐渐地缩小和向北偏移，直至消失。这时候，就会听到奶奶说，又到晌午（中午）了。

墩台成了奶奶的时钟，墩台的影子，是奶奶时间的指针。奶奶把墩台叫作"影峁疙瘩"，意思是这个大土疙瘩有影子。

从墩台的影子缩小到某一个参照点上，奶奶开始做中午饭，到父母亲从农田收工回家吃饭，奶奶的时间掌握得很准确。春夏秋冬，四季轮换，墩台影子的变化和偏移，都在奶奶的计算之内。

一晃几十年过去，"影峁疙瘩"的影子仍旧在四季中变换，只是不知道是否有人再用它来看时间。但是墩台作为地标性的建筑，它永远矗立在那里，犹如一个敖包，成了家乡的路标，一次次进入我的梦里。

登上墩台，是我幼年时就有的心愿，然而，小时候没有人带领，墩台对我来说，可望而不可即。参加工作以后，每次回家的时间都很短，墩台作为家乡的地标，只能匆匆地看上几眼。

　　其实，墩台离我家并不远，下一道长坡，过一条小河，然后再沿着弯弯曲曲的羊肠小道攀登而上，就能到达。好在现已不需要徒步跋山涉水，驾车从沙嘴梢水库坝梁上穿过，就可以从东边的阳坡开车上去。

　　终于在一个雨过天晴的日子，我登上了梦寐已久的墩台。

　　故乡的墩台，坐落在靖边县龙洲镇的墩墚山上。山脚下有两条小河流过，墩墚山犹如一座半岛，屹立在全镇中央，将龙洲镇分隔成东西两大块，西边人们称之为大涧，东边叫小涧。登上墩墚山，大小两涧尽收眼底。放眼望去，西边和北边的长城墩台依次可见。故乡的墩台成了中间的一个点，向外辐射，周边群山一览无余，是一个绝佳的瞭望之地。

　　我这才明白，故乡的墩台，我魂牵梦绕的"影峁疙瘩"，曾经是一个狼烟升腾、号角争鸣的烽火台。

　　龙洲，自古就是一个军事防御要塞。"汉时置龙州，南北朝时属夏州石堡寨。北宋为范仲淹的哨马营。"（《靖边县志》）明时设龙州堡。

　　墩台既是龙州堡的一个瞭望塔，也是周边的一个消息发射台，如果长城外有来犯之敌，台上烽火燃起，堡内和长城沿线枕戈待旦的兵马就会调动起来。这个神秘的大土堆，原来承担过非常重要的历史重任。

　　漫步在墩墚山上，面对沧桑的墩台，我浮想联翩。天地悠悠，过客匆匆，唯有这墩台凝成了永恒。

　　放眼历史的天空，黯淡了刀光剑影，远去了鼓角争鸣。但是在这厚重的黄土堆下面，又有着多少不为人知的传奇和故事。

恍惚间，又回到了烽火连天的岁月，万千征夫风餐露宿，挥汗如雨，筑起了这历史的丰碑，成了亘古的奇观。战马嘶鸣，士兵呐喊，英勇的将士身披铠甲，杀出了一片安居的土地。

往事越千年，风尘荡尽了硝烟。如今的墩台，已和故乡的山水融为一体，是那么和谐、自然。乡亲们在墩堠山上放羊，在山坡上种地，墩台犹在，狼烟不起，我们庆幸生活在一个伟大的时代，人民安居乐业。

夕阳染红了天边，我仍徘徊在墩台边上思绪万千。

面对夕照中无比凄美的墩台，一种难以言状的情愫萦绕在心里：

哦，故乡的墩台！
你伟岸的身影，
无数次阻挡着外族来犯。
你虽历尽千百年风雨，
但黄土的颜色不改，
保持着对家园故土的眷恋。

哦，故乡的墩台！
你似一座灯塔，
指引着游子回家的路。
你虽然缄默不语，
但是我们每一次的深情注目，
都能感受到你的灵魂凝结在这里。

哦，故乡的墩台！

你像一位深沉而尊严的老者，
一如既往地把乡亲们关爱。
你如大地母亲的乳头，
养育了一代又一代大小两涧的乡亲，生生不息。

哦，故乡的墩台！
奶奶的时钟，我心中不灭的灯塔！

2017年9月4日

我家院子里飞来了白头翁

今年5月的一天，我在老家的院子里梳理小菜园时，发现一只头上长着白毛，胸部灰白，腰背灰绿色，尾部有黄色花纹的鸟儿，在院子里的树丛间飞来飞去，啾啾，啾啾啾，叫声不断。

从小在乡间长大的我，经常能见到小鸟飞走又飞来，所以对眼前鸟的鸣叫声和它的身影并没有特别在意。

过了几天，小鸟不但没有离去，而且一直在我家的院子周围穿梭往来，嘹亮的歌喉，从早唱到晚。有时候，会看到一枝树梢上就有几只，给我的农家小院增添了不少生机，我这才发现，它们已在此筑巢定居了。

小鸟清脆响亮的鸣叫声和头顶白色羽毛的样子，确实是我前所未见，但是，又有一种似曾相识的感觉。那么，这个白头鸟究竟是什么来历？我努力搜索着脑海中的记忆。

忽然想起，孩子小的时候，曾经缠着我讲童话书上白头翁学本领的故事。

从前有一只小鸟想学本领，开始，跟着喜鹊学搭窝，后来感觉太累，就放弃了。它又跟着大雁学飞行，没过多久就厌倦了。再后来又去跟老鹰学打猎，到最后也厌倦了。因为它做什么事情都是有始无终，所以一直到头白了也没有学成本领。所以大家叫它白头翁。

白头翁？噢！白头翁。

我快速打开百度浏览了一遍，发现无论是叫声还是它美丽的身姿，是白头翁鸟已确定无疑。

白头翁，是一种生活在我国长江以南广大地区的鸟类，多栖息于丘陵或平原的树木丛中，最北也只是活动在陕西的秦岭以南地区；食性杂，既食动物，又食植物，能吃掉大量的农林业害虫，是农林的益鸟之一，不太畏人。

当春末夏初进入繁殖期后，先有一只鸟飞过来鸣叫，过不了多久，会有另一只飞来，一唱一和，定居筑巢。

生活于南方的鸟，突然出现在陕北，真的让人有点不可思议。我不愿多想，既然存在，就有它合理的一面。我取出相机，想快速捕捉到其靓丽的身姿，生怕一眨眼它就会消失。

但是居高临下的它，让我始终未能如愿。后来我又轻轻移动脚步，想和它靠得尽可能近一些，可惜我的每次努力，都因为它的戒备心理而宣告失败，最后只得用不是很清晰的画面记录下了它的存在。

陕北发现了白头翁鸟，不知是不是新闻，也许是我孤陋寡闻，它早已在北方定居。但是，能够在此繁衍生息下来，至少证明了当地的生态环境已得到了极大的改善，特别是能在我家院子里落户，让我感到非常荣幸。

现在，我离开老家又有月余，每当看到我住的小区里有鸟儿飞来飞去，我的脑海里就会浮现出白头翁的影子。不知道来自南国的精灵，是否嫌弃我家乡的贫瘠，更不知道它们在新的环境里生活得是否惬意。

现在，家乡人民的环保意识已大大改变，绿水青山，就是我们的

金山银山。在这里，我送上祝福，我们不会让你们带着满身的创伤离
开这里去流浪，愿我的家乡能成为你们快乐的天堂。

　　留下来吧，来自南国的精灵——美丽的天使！

2018年7月1日

故乡一日

时光无声，不经意间暑热已消，陕北的早秋，凉风习习，田野里的青绿渐渐变成了金黄。送走了陕西省金融作协龙洲波浪谷采风团的领导和朋友，我留在老家小住了一天。家乡的秋日，黄了瓜果，红了高粱，美不胜收！

小院里弟弟种的南瓜，瓜蔓从墙里爬到了墙外，足足有十几米长，细细的瓜蔓将硕大的南瓜高高挂在墙上，摇摇欲坠，等待着收摘。

白露前是摘瓜的最佳时间，白露后开始落霜，草木就逐渐凋零了。特别是遭霜打后的甜瓜类，口感就差了许多，所以，我顺手将地里所剩不多的金色小甜瓜摘完。阳光下，小甜瓜金光灿灿，十分耀眼，让人垂涎欲滴。

摘完小甜瓜，我继续漫步在果园里。苹果和梨子还不到成熟的时候，我只是顺便看看；桃子已基本下架了，留在树上为数不多的鲜桃越显红艳，有的张扬地立在枝头，有的含羞地藏在桃叶下面，我从家里取出篮子，采摘一尽。

这是一种原始的山桃，味道酸甜微苦，个头不大，浑身长满了

毛，有的人对这种桃毛过敏，所以我们又叫它毛桃。这是最原始的桃子，现在改良的许多新品种，个大、肉厚、汁多，但是桃味淡了许多，而最主要的是改变了基因，用桃核已种不出桃树来了。

我在享受了山桃的美味之后，为了让这一原始的品种传播延续，拣选了比较饱满的几粒桃核，在果园的空隙处用铁锨挖了几个小坑种下。农谚云：桃三杏四梨五年。想到三年后我的桃树开花结果，一种自豪感油然而生。一分耕耘，一分收获，生活就是这样简单。

下午，有朋友要从西安回来，相约到县城小聚，时间还早，我便回到屋里喝茶小憩。

这时，听到房后不远处传来修剪树木的声音，我寻声走过去，原来是我本家弟弟三挡在给树木剪枝。秋天是修剪树木的最佳季节，所谓"树不剪不成材"，"玉不琢不成器"，而且修剪下来的树枝树叶也是喂羊的最好饲料。

三挡的大名叫张海兵，小我几岁，我们从小叫惯了他的小名，官名反倒一时想不起来。但是在村里，说起张三挡，无人不晓，都说三挡为人厚道，能吃苦，且乐于助人，如每逢村里红白事情，都有三挡帮忙的身影，干的多是苦活、累活，而且有始有终。

三挡虽然姓张，但他是我李氏本家兄弟，因为他的父亲小时候抱养给了张姓人家，所以他姓张，只有他家老大认祖归宗姓了李。

三挡说，他今年养了五十多只羊，立秋后树叶有了营养，所以他用砍下的树枝喂羊。八月十五前后是羊肉上市的季节，这时候的羊肉味道特别鲜美，现在每斤羊肉能卖到四十元左右，价格还可以。但是现在实行封山禁牧，羊不能上山，而圈养的成本很高，饲草问题不好解决，很累人，他计划明年缩小规模，养上二十几只试试看。

我想，这确实是一对矛盾。陕北土地贫瘠，生态环境脆弱，亟待保护恢复，而羊又是陕北农民主要的生活来源之一，从历史走到今天，吃羊肉、穿羊皮、发羊财，已经形成了有陕北特色的"羊文化"。假如没有炖羊肉，陕北的饮食文化就好像少了一点什么。但是绿水青山也是金山银山，光秃的山梁，水土流失，会造成恶性循环。封山禁牧后，草和树木长起来了，割草喂羊，这样鱼和熊掌亦可兼得。只是养羊的成本提高了许多，羊肉理所当然会贵起来，相互弥补，这也是价值规律。只要进入良性循环，一切就会迎刃而解。

　　当我要离开的时候，他说他家种的"洋柿子"红了，让我带上点，他既没有施化肥更没有打农药，纯农家有机肥种植。我也没有客气，说带上点尝尝也可以。没想到过了一会，他用电动三轮车给我送来一大塑料桶，足足有二十多斤重。我一看，什么"洋柿子"，说是"土柿子"还差不多，都是老品种，一颗足有1斤多，长得虽然有点丑，但是基因纯正，这才叫西红柿啊，我已多年没有见到过了。

　　我在高兴之余，又感到很是过意不去。他说他的两个儿子一个在西安，一个在县城，都有工作回不来，家里就他们老两口，吃不了多少。三挡人勤快，两个儿子也争气，光景过得有滋有味，盛情难却啊！笑纳了。

　　我回去冷冻起来，今年冬天就不需要再买那些基因变异、催红催熟的西红柿了。

　　这时，弟弟李秀山从县城回来，说院子里养有两箱蜜蜂他要打蜜，这对我来说也是一件比较稀罕的事情。他说，去年院子里飞来了两窝土蜂，也叫中蜂，虽然个头小，但适合在当地生存，他找了两只蜂箱养了起来，已产了近百斤蜂蜜，今天又到了打蜜的时间，这也是今年最后一次打蜜，因为白露后没有花了，要留蜜给蜜蜂过冬。

弟弟从蜂箱里取出蜂蜜片子，轻轻抖落掉上面的蜜蜂，放入摇桶内，转动摇柄。离心力的作用，使得蜡片里的蜂蜜，像雨点一样飞出，落在了桶里。

看着蜜蜂在空中盘旋着嗡鸣，我的心里产生了一种莫名的感觉，"采得百花成蜜后，为谁辛苦为谁甜"。是啊，这完全是一种无奈。自然法则，我们无须赞美蜜蜂的无私奉献，也不用谴责人类的不劳而获，一切顺其自然。

弟弟说，今年雨水多，百花盛开，蜂蜜多一些，一般是杂花蜜，荞面开花后荞面蜜多一些，立秋后油葵盛开，产的是油葵蜜。各种蜜的颜色不同，有浅有深，口感也不同，但其营养价值大同小异，可以根据个人的不同口味选择。

最后他给我大瓶小瓶装了十几斤，各种花的蜂蜜俱全，全是纯得不能再纯的土蜂蜜，让我真有点不知道先从哪瓶开吃。

回乡一天，收获满满，都与吃有关，生活就是这样，民以食为天！

下午，我就要和朋友小聚了，酒，亦我所欲也！

2018年9月6日

寻梦老虎脑

汽车在蜿蜒曲折的山路上攀行，时值夏日，车窗外一片翠绿。远望，山峦起伏如波涛，雄伟壮丽，令人心旷神怡。不知不觉间，车子已经开到了我向往已久的老虎脑山顶。

老虎脑是白于山的一座主要山岭，海拔一千七百三十米。白于山位于陕西省的西北部，与宁夏回族自治区南部、甘肃省东南部以及内蒙古自治区西南边缘接壤，长一百二十余公里，东西走向，为梁状山地。

我的家乡靖边县龙洲镇龙洲村，就在老虎脑的山下面，从老虎脑山脚下流出来的两条小河，将龙洲村包围起来，形成了一个四面环山、三面临水的小盆地。

从龙洲向西南望去，老虎脑山势巍峨，峰峦叠嶂，雄浑奇异，似一条大虫匍匐在那里。

传说上古时代，龙洲盆地是一个大水潭，叫龙湫，潭底有一颗避水珠，保证了湖水永不泛滥，人民安居乐业。有一年，一个南蛮子途经此地，站在老虎脑山上俯瞰，发现龙洲四面环山，虎踞龙盘，认为这里是一条龙脉，于是决定盗走避水珠，破掉这里的风水。

可是避水珠有九条龙守护，无法下手，恰遇一只修炼千年的老虎来

龙湫饮水，与九条龙发生了战斗，南蛮子乘机盗走了避水珠，致使龙湫之水向东北方向流走，九条龙被困在了山边，即现在的老虎脑西边的九条涧。受伤的老虎也渴死在了山上，就是现在的老虎脑山头。

所谓"山不在高，有仙则名。水不在深，有龙则灵"，所以老虎脑在当地也算是名山了。

记得1977年高考后，我盼望着有一天喜从天降，能收到录取通知书。这时，我的一位堂哥跟我开玩笑说，你最近梦到过爬山没有，我说没有，他说只要你能梦见登上了老虎脑就有门。他说他朋友的亲戚报名去参军，晚上梦见翻越了老虎脑的两座山头，有人解梦，说两个山合起来就是一个"出"字，最后那人果然当兵走了。

此话虽然为玩笑，但我还是希望有一天真能登上老虎脑。日有所想夜有所梦，还真的梦见了小时候，老师带领我们去老虎脑山上造林种柠条。然而，眼看着别的同学打打闹闹地爬到了半山腰，而我的两条腿却怎么也动弹不了……

时光荏苒，从求学到就业，转眼几十年过去。我从大江南北到天涯海角，祖国的名山大川游览了不少，然而家乡的老虎脑却仍然停留在我的梦境中。

今年夏天，恰逢表叔雷锦祥先生从西藏回来，谈及家乡的地理地貌，自然少不了老虎脑。表叔一生驻守边关，戎马倥偬，少小离家如今老大回，对故乡的山水自然也有着别样的情感。我们约了龙洲籍的两位老领导闫志英和马启明先生，一起登临老虎脑。

我们四位龙洲籍人士，只有一位登上过老虎脑，而且是在上山的公路修通以后。包括我在内的其他三位都是第一次，所以感觉异常兴奋。

汽车行驶在梁峁沟豁间，一架架高大的风力发电机迎风飞旋，与蓝天白云相映衬，美不胜收。一座座抽油机，如一头头老黄牛，耕耘在黄土高原的梁峁上。昔日贫困的白于山区，已成为新的国家能源基地，石子铺设的道路早已将各个山头连在了一起，不用攀登，车子直接就能开到山上去。

来到山顶，视野忽然开阔起来，山下山上完全是两种感觉，原来老虎脑山顶是一个平缓的黄土塬。登上山顶，反而没有了大山的险峻感，湛蓝的天空，白云点点，广阔的塬地，草长莺飞，野趣盎然。

人常说，这山看着那山高，没想到，登上老虎脑，却是一览众山小。真是"不临高处向远望，谁知人间万山低"，难怪老祖先叫它老虎脑。

最高点是人工堆筑的一个大墩台。墩台建于什么年代，我们一时无法知晓，表叔说这是一个古代用于军事的烽火台，老虎脑是制高点，如

有敌情，墩台上白天施烟，晚上点火，很快就会将信息传递出去。

登上墩台，真有一种"前不见古人，后不见来者"的感觉。遥想当年，守边将士，远离家乡，风餐露宿，保卫着家园，想得到一点家乡和家人的消息，也是很不容易。来到这里才能真正理解"烽火连三月，家书抵万金"的诗意！

如今狼烟号角早已远去，血与火的呐喊凝成了一座永恒的丰碑！

站在这里向北眺望，位于杨桥畔镇的高墩沙山隐约可见，山下面就是杨桥畔镇的阳周村（原名瓦渣梁村），传说中的上郡阳周县故城遗址。根据《汉书·地理志》载："阳周，桥山在南，有黄帝冢。"

这里不就是阳周县南桥山的位置吗？

老虎脑，厚重的黄土下面掩埋着厚重的历史，等待着我们去发现。

站在山上俯瞰龙洲涧，群山环抱，烟雨蒙蒙。老虎脑如大虫翘首，虎视眈眈，西边有九条山峰排列，犹如九条巨龙盘旋在这里，实属黄土高原丘陵沟壑区的一大奇观。

登上老虎脑，是我曾经的梦，今天身临其境，更加感觉到不虚此行。龙虎相斗的传说，一代一代流传至今，此刻才体会到其厚重的历史文化底蕴。

登上老虎脑，是我曾经的梦，今天终于好梦成真。我从梦中渴望走出大山，今天我又回到大山寻梦。人生啊，好像就是一场旅行，纵然你看着一路不同的风景，却原来一直在回归的途中。

家乡的老虎脑，你不图有什么名山大川显赫的名声，默默地坚守着自己的信念与尊严，保守着自己心中的秘密。

家乡的老虎脑，我虽然走过大江南北，到过天涯海角，但你永远是我的靠山，是我永恒的梦。

2018年11月2日

阅读陕北

阅遍陕北都是歌

人们对陕北的印象，一般有以下两点：一是封闭苍凉，二是红色的土地。没错，正是这份苍凉与封闭，孕育了陕北独特的文化，最具代表性的就是陕北民歌。

中国幅员辽阔，南方和北方地理文化差异很大，南方清秀，北方厚重。有人说，行尽江南都是诗，我说阅遍陕北都是歌。

诗与歌同源，诗是歌，歌也是诗，所以称诗歌。南方用诗的格律来表现，北方用歌的形式来表达。诗严谨，歌松散，表现的方法形式不同，正如"橘生淮南则为橘，生于淮北则为枳，叶徒相似，其实味不同"。

从历史上看，歌舞是一种高于语言的最原始的表达情感的方式。古人云："诗言志，歌咏言。"又云："言之不足，歌之；歌之不足，舞之蹈之。"这一古老的文化表现形式，在陕北更是体现得淋漓尽致。

陕北的大秧歌、腰鼓等文艺表演形式，就是对陕北民歌表达不足的补充。在生活中，如果歌不尽兴，就通过舞蹈等形式来补充和释放。所以说，陕北民歌，不仅仅是中国传统文化的重要组成部分，更是对中国传统文化完美的传承和发扬。

陕北民歌，最早的时候是对生活的呐喊，是怒吼，是宣泄。因为语言本身是有音乐性的，不同的地方方言、发音，具有不同的韵律感。陕北自然环境恶劣，古代又属于边关，再加连年战乱，生活在这里的人们，因无法摆脱贫困，便发出了无奈的吼声。"男人忧愁唱曲了，女人忧愁哭鼻子。"信天游便自然产生了。

陕北民歌，体现了陕北人民积极、乐观的生活态度以及不屈不挠和命运抗争的精神。面朝黄土背朝天的先民们，高兴时唱歌，忧愁时也唱。最常说的一句话就是："穷乐呵，富忧愁，穷人不唱怕个屄。"话虽粗俗，却反映了生活的真实。

陕北民歌，它和山西、内蒙古民歌又有相似之处。陕北地处草原游牧文化和农耕文化的结合地带，所以又和草原文化有很多融合的地方，如《三十里明沙二十里水》这首民歌，陕北和鄂尔多斯都叫它"山曲"或"爬山调"，很难区分它是草原民歌还是陕北民歌。一曲《走西口》，晋、陕、蒙几个版本，旋律大同小异。

陕北民歌，是人们在长期的生产和生活实践中创造的歌，体现着生活的方方面面。人们的喜怒哀乐，都可以用歌声来表达，有信天游、劳动号子、小调等几大类，每一类又分好多种。据说目前仅存量就有八千多首，其中80%反映的是爱情生活，堪称世界民歌文化的宝库。

陕北民歌，有的已超越了娱乐，完全是对生活的一种诉说。高兴是歌，痛苦也是歌，酸甜苦辣都用歌声来表达。如《光棍哭妻》，"正月里来锣鼓敲，敲来敲去好心焦。每年每月贤妻在，今年贤妻去世早"。如泣如诉，从正月一直诉说到腊月。

陕北民歌，曲调悠扬高亢，粗犷豪放，听起来让人荡气回肠。也就是所谓的"拦羊嗓子牛声"，具有鲜明的地方特色，很适合民间传唱，所以经久不衰。一般人都可以吼上几嗓子。"一个在那山上哟一个在那沟，咱们拉不上话话哎呀招一招个手。"生活气息很浓。

陕北民歌，歌词火辣直白，没有矫揉造作，从不"犹抱琵琶半遮面"。敢爱敢恨，爱就爱得像火，恨就恨之入骨。最典型的如《蓝花花》，以叙事的手法，犀利的语言，表现了蓝花花追求幸福，反抗封建礼教的精神。

8.我见到我的情哥哥有说不完的话，咱们俩死活（哟）常在一搭。

5.蓝花花我下轿来东望西眺，眺见周家的猴老子好像一座坟。

6.你要死来你早早地死，前晌你死来，后晌我蓝花花走。

将爱恨表达得淋漓尽致。有人开玩笑说，陕北人骂人都用歌。是啊，要不然说走遍陕北都是歌，当然是玩笑话了。

陕北民歌，形式灵活多样，时代感很强，可塑性很强，从古唱到今，百听不厌，经久不衰。而且随着时代的发展而发展，具有很强的生命力。现在，陕西涌现出来一大批年轻歌手，又将陕北民歌推向了一个新阶段，从陕西唱响全国，并走出国门，在国外唱响。

陕北民歌一定会有一个灿烂的明天。

2016年6月6日

山水龙洲

　　龙洲，是靖边县的一个乡镇，也是一个村名，名不见经传。然而，自从摄影爱好者发现了它的神韵，便一举成名，龙洲丹霞地貌景观，进入了人们的视野。

　　龙洲的风景优美，在当地早就小有名气，靖边八景中，龙洲就占了三景，即"龙洲古城""龙潭碧月"和"红崖晓镜"。

　　龙洲，也叫龙洲涧，地处长城脚下，四面环山，绿水萦绕，是块小盆地。汉时置龙州（即现在的龙洲），叫"龙城关"。南北朝属夏洲石堡寨，明成化六年（1470）重新筑城，称龙洲堡，是陕北明长城三十八营堡之一，靖边六堡之龙洲堡。

　　现在城墙虽然残缺不全，但轮廓还在，登上古城墙，有一种特别的感觉。岁月不再，古人不见，唯有白云，悠悠千载。

　　这就是靖边八景之一的"龙洲古城"，"青山依旧在，几度夕阳红"。

　　古城边的石堡寨，清末后，由闫姓人家居住，故称闫寨子。北宋时为范仲淹的哨马营，光绪年间《靖边县志》记载，"寨阔数十丈余，高十数丈，四面悬崖，南通一径"。

　　闫寨子，远眺是块巨大的红石头，峣巍屹立，绿水环绕，可谓龙洲"赤壁"，离地面百米以上建有窑洞，上下三层，三十多间，驻足其间，让人浮想联翩。遥想范公当年，虽怀有"先天下之忧而忧，后天下之乐而乐"的政治抱负，但也有面对塞北"长烟落日孤城闭"的无奈，发出了"浊酒一杯家万里"的思念家乡之感叹。

山水龙洲，历史深厚……

靖边八景之一"龙潭碧月"就在闫寨子下边。

这里，柳枝婀娜，水草茂密，小溪淙淙。恍惚间，刚到塞北，又见江南。

抬头仰望，悬崖峭壁，国家一级保护动物黑鹳筑巢在上边。黑鹳是一种迁徙鸟，性孤独，成鸟体长1—1.2米，在浅水处和沼泽地活动，主要以鲫鱼、泥鳅等小鱼类为食，也食蛙等小爬行类动物。其珍贵可比朱鹮，可想而知，这里的生态小环境是多么纯洁和幽美。

龙洲丹霞地貌的神秘面纱最初是由"驴友"揭开的，一时网上照片疯传，2012年，由我国地质学家认定为丹霞地貌。

"丹霞"一词，最早源于曹丕的《芙蓉池作》一诗，"丹霞夹明

月，华星出云间"，意指天上的彩霞，后用于地质名词。丹霞地貌在我国分布较广，有广东韶关丹霞山、福建大金湖丹霞地貌、江西龙虎山丹霞地貌、湖南崀山丹霞地貌等。

靖边龙洲丹霞地貌目前还未开发，但以其天生丽质，已让世人瞩目。

以闫寨子为中心，构成了丹霞地貌主景区，其红色砂砾石的丰采神韵，美妙绝伦，让人享受的是一幕幕视觉盛宴。有网友称，龙洲丹霞地貌可与美国亚利桑那州的波浪谷相媲美。

一层层，一弯弯，线条优美。

一坨坨，一圈圈，形态各异。

悬崖峭壁，怪石嶙峋，姿态万千。

险峻处，如刀劈斧砍，让人望而生畏。

雨后、雾中、雪地，别具风采。

靖边八景之一的"红崖晓镜"就在现在水上丹霞的位置。红峡对峙，中留一线，晓日初升，恍是仙境。这里过去叫草沟湾，水草丰美，水鸟栖息，水清如镜，两岸赤壁对峙，为靖边的一大景观。

现在属大湾畔水库，当年风景虽不可见，但水上丹霞又成为一大奇观。

由大湾畔水库登船，泛舟水上，微微凉风，好不惬意。湖水碧波荡漾，两岸美景一览无余。

首先映入眼帘的是赤壁上的几孔石窟，即崖窨子，也叫崖窑，是古人用来躲避战乱和匪患的藏身之地。崖窨子在龙洲峡谷随处可见，东边还有一条小河叫窨子沟。

一路游去，大自然的鬼斧神工，让人赞叹不已。孔雀开屏栩栩如生，凤凰嘴，海豚戏水……

乘船继续前行，到水源地，高数十米处，一股山泉沿着山涧潺潺而下，晶莹清澈，如露珠般飘落，也不知被哪位大仙起名为处女泉。也有人说此处为当年范仲淹的饮马泉，在泉水的对岸，有个村子现在仍叫马圈。

龙洲，山奇水秀。一汪汪碧水，一波波涟漪，承载着数不清的历史故事；一层层沙砾，一层层过往，带给人们无限的遐想……

2016年5月4日

沙漠漫步小记

阳春三月，与朋友驱车路过毛乌素沙漠的南缘，靖边县海则滩乡毛乌素村的高墩沙。车窗外，蔚蓝的天空，金色的沙丘，美不胜收。受此精彩画面的感染，玩沙的念头油然而生，遂下车徒步向沙漠深处走去。

沙漠对我来说并不陌生，我就生长在这一带，四十几年前，作为基干民兵，曾扛着步枪到沙漠植树造林。这次也算故地重游，寻找一些记忆。

春天的毛乌素沙漠，虽然春寒未退，股股微风却带来丝丝暖意。我们边走边看，曾经的茫茫荒漠已不复存在。人工植树、飞播造林，将沙漠切割成碎片，虽然各种沙生植物沙蒿、沙柳等还在休眠，但裸露的沙丘已成星星点点，逐步实现了人进沙退。

记忆中，沙漠里没有路，有的村子与村子之间可以隔沙相望，但是可望而不可即，要见面不是很容易。因此，男女相恋会有"瞭见那村村瞭不见个人，我泪蛋蛋抛在沙蒿蒿林"的感叹。现在实现了村村通油路，农民生活改善，脍炙人口的陕北民歌《羊肚肚手巾三道道蓝》里唱的故事早已成了历史。

中午，阳光将沙漠照射得格外温暖，我们走得有点累，便在柔软的沙地上小憩一会。眼前，一株不知名的沙花映入眼帘，经过一个漫长的冬天，风干的花蒂还在沙丘上摇曳。小花至死都对曾经养育过它的沙漠不离不弃。

小花的坚守，给人一种悲壮的美，美得让人目眩，美得让人敬佩。这一瞬牢牢地定格在我的记忆里。

是的，沙漠并非生命的禁区，各种沙生植物既能适应环境，也能影响环境。沙漠里生长的一种蓬草叫沙蓬，是一年生草本植物，春天种子遇雨水发芽，夏天生长，冬季干枯，根系折断，随风飘走，它用这种方式把种子传播，故也称飘蓬。古人用飘蓬抒发情感、叹生活漂泊不定的诗很多。如唐贾岛《送友人游塞》诗句："飘蓬多塞下，君见益潜然。"又如唐杜甫《赠李白》诗句："秋来相顾尚飘蓬，未就丹砂愧葛洪。痛饮狂歌空度日，飞扬跋扈为谁雄。"

沙漠里还有一种植物叫沙米。之所以叫沙米，就是说它的种子可以吃，但产量很低，而且它的叶子上长着刺，保卫它的种子不受侵犯，收集很不容易。现在有的农家乐，推出了一种叫什么"沙米和菜饭"的，其实是在玩一种概念，真能吃到，那不仅是稀缺，而是异常

珍贵了。

我们走着、看着、想着、玩着，不知不觉之中，太阳西斜。

落日的余晖，将部分沙丘染成红色，湖水般的波纹，一环一环地向远方散去，仿佛进入丹霞境地。

对久居城市的人来说，遇节假日，离开喧嚣的闹市，自驾到沙漠的边缘，来体会一下沙漠的静美，也是很好的放松与休闲。

沙漠作为一种自然地貌，有它自然的美。黑格尔讲，"存在即合理"。无论你爱与不爱，它就在那里。

2016年3月31日

龙洲不只有丹霞

前不久，写了《山水龙洲》，对家乡的山水风光做了介绍，回头再看，总觉得言不尽意，好像还缺少了点什么。

近日，我在老家村口散步，恰逢渭南建设银行的几位同人双休日到龙洲丹霞自驾游，因为这里还没有全面开发，有些景观外地人很难找到，于是他们从入住的房东家里请了一个小伙做向导，我也顺便加入了他们的队伍去凑个热闹。

早晨的丹霞，凉风习习，没有一点暑热的感觉。我们沿着羊肠小道，边走边聊，谈论的话题由远及近，在欣赏美景的同时，也谈到了对丹霞地貌的开发和保护。

人们知道，陕北高原，地面上荒凉，地下资源丰富。地下有气，有油，有煤，有盐。然而没想到的是，在这厚厚的黄土层下面，还埋藏着红色砂岩，经过流水侵蚀、风化剥离，形成的类似波浪条纹的独特地貌。不得不感谢大自然对这一方土地的眷顾。正是，上帝关了一扇门，同时又为我们打开了一扇窗。

向导小伙不是很理解地说，过去很不起眼的红砂峁疙瘩，如今人们称它为丹霞地貌。是的，生活在这里的人们，世世代代以种养为业，对既不生草也不长树的红砂峁视而不见。这也印证了"不识庐山

真面目，只缘身在此山中"的道理。

有道是，墙里开花墙外香。在各级政府及村民们还没有完全认识到它的开发价值的时候，消息和绝美的图片已随着网络满天飞，赞美之声不绝于耳，如"陕北隐藏着一处奇观，比美国的波浪谷还美"，"神奇的处女山丘，惊艳奇绝"，等等。

的确，大自然的鬼斧神工，让人觉得不可思议，能让你的想象发挥到极致，来到这里犹如进入童话世界，会让你享受一次"魔鬼城"历险。

有的如流水，有的像陀螺，有的似波浪，有的像被夕阳染红的云朵。有的酷似飞禽走兽，千奇百怪，栩栩如生，姿态万千。任何赞美的语言，用到此处都不为过。

然而，超常的人气，也为景区的管理带来了困难，由于开发和管理上的滞后，局部景区遭到了踩踏和破坏。

虽然网友说龙洲的波浪谷，和美国亚利桑那州的大峡谷相类似，但是龙洲的红砂岩没有美国的年代久远，很多砂岩松软，还未完全凝固成岩石，风化得比较快，保护不好，很容易遭到破坏。

据说，美国亚利桑那州的大峡谷每天只容许二十人进入，而且要靠抽签决定，运气好一点才能拿到门票。而我们的波浪谷目前还处于一种自然的开放状态，只是对部分景观区设立了围栏保护。

正如我的渭南同仁所讲，我们有如此美景，去美国观丹霞还有什么意思？是的，能够出国的人毕竟是少数，我们自己家门口的美景，得不到及时开发，实为可惜。

其实，龙洲不只有丹霞地貌，这里山水相连，土地肥沃平坦，四季分明，春有百花秋有月，夏有凉风冬有雪，发展观光农业也大有可为，如以丹霞旅游为龙头，有计划地引导农民，开办一些有特色的旅游服务项目，从种养业到吃住行，全方位开发，前景也十分可观。

目前，热情好客的"丹霞人"建起了宾馆、农家乐，因地制宜地开发了采摘园、垂钓等服务项目，用当地特有的丹霞小米，天然美味的库坝鱼迎接来自四面八方的客人，但毕竟是起步阶段，仍有不尽如人意的地方。

观光休闲旅游是个大产业，须有政府的支持和引导， 如建民俗观光村和农业产业观光园，形成规模，让游人体验农村生活，感受农村气息。开辟特色果园、菜园、花圃等，游人可以入内摘果、拔菜、赏花，享受田园乐趣。

现在，人们的生活节奏加快，渴望在农村环境中放松自己，因此，开发观光休闲旅游度假服务正当其时。

希望家乡的有关部门，利用大自然的恩赐，多元开发，做到开发和保护并重，兼顾好农民的利益，让这一宝贵的自然遗产，能更早、更快、更完美地展现在世人面前。

2016年8月8日

神树涧观柳

据记载，柳树在我国已有四千多年的栽种历史，属原生树种，主要有垂柳、旱柳等品种。

垂柳，无论是南方还是北方，在道路、池塘及住宅小区随处可见，是一种优雅的观赏树种，尤其在城市，早已被人们所熟知。

旱柳，对居住在城市的人来说，相对知之甚少。记得在一次工作接待中，有位来自某大城市的姑娘见到旱柳后问我是什么树，我说是柳树，她说，柳树的枝条是向下垂，怎么还有向上长的？我开玩笑说，好比城里人和乡下人，城里姑娘婀娜多姿，乡下姑娘朴素大方，都很美，但表现形式不同。

其实，旱柳是一种用材树种，具有顽强的生命力，既喜光也耐寒，既喜湿也耐旱，既可观赏，又可用材，适应性很强，不择土壤，成活率高。有时农民用砍下不久的柳枝扎的牛羊圈栅栏，后又发芽长成了树，所以人们常说"有心栽花花不开，无心插柳柳成荫"。

最近慕名去靖边县红墩界乡尔德井村神树涧观柳，看到田间、地头、道路两旁，到处是柳树的绿色，在方圆二十几平方公里的滩涧地，有百年以上的白皮旱柳三百多株，现在挂牌保护的有139株，最长的一棵树龄一千二百八十年，最短的也在百年以上，因此，人们给它冠名为"神树涧"。

来到这里，带给我们的不仅仅是好奇，更主要的是震撼。在这块贫瘠的土地上，饱经风霜的古柳，苍老而凝重，仿佛是一尊尊雕塑，成了黄土高原上特有的生态景观。面对千年古柳的气质与神韵，不由得让人感叹，"山中自有千年树，世上难逢百岁人"。据当地人介绍，旱柳是他们过去主要的经济来源之一，生长一二十年，便可成材，做成各种家具使用，然而最主要的用途是让柳条长成椽以后盖房、搭建牲畜的圈棚。

柳树生长四五年，枝条就长成椽了，砍掉以后，又长出了密密麻麻的新柳条，当地叫毛头柳树，每年秋季要进行疏枝修剪，把最强壮的枝条留下，多余的去掉。修剪下的枝叶，打成捆，作为羊子过冬的饲草储存，羊子吃剩下的干树枝，又可烧火做饭、取暖。

几年后，毛头柳树又长成了几十条像小碗口粗的柳椽，四五年一个轮回，取之不尽，当地有句顺口溜叫"家有百株柳，吃穿不用愁"。其实根本用不了百株，一户人家有几十株就可以过上好光景了。

砍过五六次椽之后，树干就逐渐空心化了，除了长椽，别无他用。随着空心化逐年加大，当树干承载不了树冠的压力时，遇大风和雷劈，便向四面裂开倒下去，落地后，树皮上又长出了新的枝条。这样年复一年，不管严寒酷暑，任凭风吹雨打，残柳仍为当地挡风、固沙，奉献着绿色。

向四面裂开的树干，有的变成花的形状，有的像拱形桥梁，有的似龙盘，有的如虎踞，有的如大鹏展翅，有的像金鸡独立，形成一种特有的自然园林艺术景观。

古树承载了太多的风雨沧桑，它用残而不衰的身躯展示着生命的坚强。有人说，这哪里是树，分明是岁月的化石，是一种让人敬畏和仰慕的不可侵犯的神灵。

空心的古树洞里，也往往是蜘蛛、青蛙、蛇的藏身之地，而且容易引来雷电。古时候，人们常躲在树下避雨，很容易遭到雷击，如果遇雷击而亡的是个大善人，当然是升天了，如果是个恶人，就会说成是被龙抓走了。在农村流传着很多龙抓人的故事，如有人做了坏事，就会被骂小心有一天遭龙抓，所以老人们经常以故事的形式教育孩子们要明辨是非，懂得做人的道理，纯朴的民风就这样一代一代的传承下来。

如果树洞里有蛇或青蛙、蜘蛛之类，响雷过后不见了，就会被传说成是成精上天了，或者也是被龙抓走了。有时候被传得神乎其神，所以古树也就变得更加神秘，受到人们的保护。

更奇的是，遭雷劈的古树，着火焚烧，只剩下树皮，还照样生长得郁郁葱葱，让人不得不惊叹。"人活一张脸，树活一张皮"，要脸的人活得舒坦，有皮的树活得茂盛。

旱柳，这种默默无闻，普通得不能再普通的树种，在神树涧不仅让人惊叹，更多的是给人以启迪。

在神树涧，我们留下的是足迹，带走的是思考，是回忆，是人生的哲理。

2016年8月22日

丹霞的传说

　　龙洲丹霞旅游，目前如火如荼，美景、美食，让人流连忘返，但是人们并不知道，这里还蕴藏着许多优美动人的故事。

　　龙洲，四面环山，中间是一块小盆地，地势西南高东北低，几条小河汇集在东北方向流出盆地。传说古代龙洲叫龙湫，湫，音qiū，指水潭，杜甫在《乾元中寓居同谷县作歌七首》（其六）中有"南有龙兮在山湫"句。

在龙洲的西南方向，有座山叫老虎脑，在老虎脑山头下面，排列着九条山峰，叫九条涧。传说龙生九子，九条涧象征着九条龙，龙洲的地名可能与此有关。

祖辈传说，上古时代，龙洲盆地是一个大湖泊，湖底有颗避水珠，是大禹治水时遗落此处。因有此珠，湖泊遇大旱，水位不减，遇雨涝，水位不涨。湖水从不干枯也未泛滥，源源不断地滋润着下游的土地。周边地区年年风调雨顺，人民安居乐业，生活幸福美满。

直到有一年，一个南蛮子在西游途中，路过此处，站在老虎脑山头瞭望，发现此地四面环山，虎踞龙盘，是一块风水宝地。仔细一看，湖面上空祥云缭绕，紫气升腾，有帝王之气。掐指一算，不得了，这一带是条龙脉，要出九位真龙天子。一个地方要出九位皇帝，这还了得。

于是，南蛮子决计要破掉这里的风水，但是要破风水，首先要盗走避水珠，让湖水干枯，才能让帝王之气消失。无奈的是，避水珠有九条龙守护，无法下手。终于有一天来了机会，从南山上下来一只修炼了千年的老虎精到龙湖饮水，与守护宝珠的九龙发生了战斗，见此机会，南蛮子乘机盗走避水珠，一时间山摇地动，天昏地暗，湖泊顿时向东北方向倾斜。失去避水神珠的湖水，以排山倒海之势将东北山头拉开一条大口子，也就是现在的三道河口。九龙发现后，甩开老虎，奋力抢夺神珠，遗憾的是，争夺中，避水珠被打碎，撒落了一地，而湖水则浩荡东流不复回。

湖水流干以后，九龙被困在了老虎脑山下，形成了九条山脊梁，也就是现在的九条涧。虎精受伤后，无水可饮，也渴死在了西南山上，也就是现在的老虎脑。陕北语言习惯"脑"和"头"同用，老虎脑即虎头山的意思。

被打碎的避水神珠，撒落地上后，变成了红色砂岩，有的像陀

螺，有的似珍珠，有的像盘龙，有的如卧虎，有的如波浪，有的似海啸，千姿百态，栩栩如生。这就是现在美妙绝伦的龙洲丹霞地貌。

听完这凄美的传说，来到西梁山洼上，仰望老虎脑，雄伟壮观，虎视眈眈，俯瞰九条涧，烟雾缭绕，若隐若现。脚下丹霞游人如织，不由让人生出许多感慨：

红岩赤壁溪水流，龙湖峡谷荡飞舟。

南蛮已随风飘去，此地龙湫变龙洲。

九条涧里话古今，老虎脑上看龙湫。

龙盘虎踞今胜昔，丹霞深处游人稠。

传说毕竟是传说，但是人们在欣赏美景、品尝美食的同时，听一听传说，也是一种享受。

特别是当你荡舟在大湾畔人工湖上，畅游水上丹霞时，眼前的美景，会带给你无限的遐想，仿佛龙虎相斗的一页昨天刚刚翻过。

2016年9月5日

丹霞晨雾

又到一年中秋节，每逢佳节倍思亲。

原计划于十五的晚上赶回家里和父亲团聚，没想到父亲心情更急，来电话说，家里准备了30多斤的羊肉，能早点回来更好。

八月十五也是陕北人吃炖羊肉的日子，听父亲一说，我就越发有点馋涎欲滴了，和爱人商量，提前一天出发，十五的月亮十四圆。

临近晚上7点钟，我们乘着月色从榆林自驾出发，沿着包茂高速到靖边段后又转上青银高速，从杨桥畔出口下，向南顺着龙洲丹霞地貌指示牌，一路畅通回到家里。

二弟烩好了一锅羊杂碎，父亲备好了月饼，来了一顿自家特色的喝羊杂碎品月饼。

这，就是家，温暖随意，无论吃什么，无论怎么吃，都是一个"香"字。

第二天早上6点起床，准备拍几张日出的照片，推开房门，眼前的景色却让人有点失望，浓雾迷蒙，天地一色。

这时，二弟也开门出来，见此大喜，说，正好来个雾中游丹霞，并神秘地说，他发现了一个鸟瞰龙洲丹霞的好地方，并开着玩笑说："一般人我不告诉他。"

　　我们便叫上侄儿李波，一行三人，三部相机齐备，驱车出发。一路向北经过红眼沙，拐向三道梁，几个转弯后，连我这本地人也有点晕乎，外地人真的很难找到。

　　旭日东升，却看不到往日的金光，只看见一个大火球在浓浓的晨雾中冉冉上升。

　　来到目的地，眼前的场景让人惊讶，十几位"摄友"手持"长枪短炮"早已严阵以待，有的还带着"飞机"。

　　向山下望去，龙洲盆地，云雾缭绕，村庄树木，若隐若现，恍若仙境，我真不敢相信自己的眼睛，原来我的家乡是如此神秘和美丽。

　　二弟对几位"摄友"开玩笑说，我没有告诉你们，你们怎么能找到这里？一位"摄友"说，他拍摄丹霞晨雾，已有十几次，有的人甚至更多，他们凌晨4点钟就从靖边县城出发了。

　　莫道君行早，更有早行人。

　　他们说，到了秋天，白露过后这里就会有云雾出现，而每一次的景

色都在变换，丹霞地貌，红白相间，时隐时现，美不胜收。而八月十五雾锁龙洲，还属偶然。可爱的"摄友"，真让人敬佩。"流水下滩非有意，白云出岫本无心。当时若不登高望，谁信东流海洋深。"

龙洲丹霞之美丽，已是游人的共识，但是，在此金秋季节，雾中丹霞，更让人大开眼界。

美丽的丹霞，原来在不同的季节、不同的时节，能够幻化出如此奇妙的景观，真的让人有点不可思议，让我目瞪口呆，任何赞美的语言，在此都显得苍白无力。我只得利用有限的时间，抓拍一些照片，来证明这里曾经出现过的美丽瞬间。

2016年9月15日

瓦渣梁寻古

听说靖边县杨桥畔镇瓦渣梁村发现了古城遗址，而且极有可能就是史料上所记载的阳周古城。

那么，阳周古城又有什么历史价值呢？

据《汉书·地理志》记载，"阳周，桥山在南，有黄帝冢"。

就是说，找到了阳周古城，也就有可能找到中华民族的始祖轩辕黄帝的原葬之地。

这正是史学界苦苦寻找而无结果的一个难题，可不是一件小事情。

于是，好奇心驱使我来了一次瓦渣梁行。

一、寻访阳周古城

翻阅有关资料得知，历史上的阳周，曾是秦汉时期上郡所属的一个郡县，然而这个阳周县在哪里，直至两千多年后的今天，地理位置仍然混乱。一说是陕西省的子长县，一说是甘肃省的正宁县。但此阳周是不是彼阳周，存在很大的争议。关于陕西省靖边县杨桥畔镇一说，最近才引起了有关方面的注意。

2016年11月4日至6日，由西北大学中国文化研究中心、靖边县人民政府共同组织的三十多位国内考古、文化、新闻界专家学者，对杨桥畔镇瓦渣梁所发现的古城遗址进行了仔细的现场勘查考证，得出了"在瓦渣梁所发现的古城遗址与史料所记载秦汉时期的阳周故城基本吻合"的初步结论。

2016年11月10日，我驱车来到了杨桥畔镇瓦渣梁村。可能是刮大风的原因，村里不见行人，而天生怕狗的我，又不敢轻易踏入村民的院子里去问讯，正在瓦渣梁村口徘徊，面前走过来两位老人，说他们准备去县城张家畔，我说明来意后，他们把我带到一户叫盛起义老人的院子里。这里，立有一块专家现场考查时绘制的介绍瓦渣梁的效果图板，图中有阳周古城的地理位置及周边环境图标识。

盛老说，以前他们也议论过这里可能是座古城，因为地上的破砖烂瓦太多，所以叫瓦渣梁，农民耕地非常艰辛，被埋在地下的砖瓦打掉犁铧是常有的事。今年，村主任吕连成在平整土地时，无意中挖出了被黄沙掩埋的古城墙遗址，引起了有关部门的重视。

老人又指给我看了他在20世纪80年代，用地里捡到的古城砖箍的一口水井，现在吃上了自来水，旧水井已填平不用，但井的轮廓还在。

他现在住的房子里的地板，都是用古砖铺成，其中有两块大砖，专家看了以后说是秦砖，其他相对小一点的说是汉砖，还有一部分回形曲纹砖，他们自己叫斗底砖。

在一户村民的家里，我看了他们捡到的很多小玩意，既有瓦罐，也有瓦当，有的像是铸造动物图案的模具，有的是铸造钱币的模具。

但是，我对很多小玩意上刻的是字还是图案识别不了，其中有一个陶制模具上有一个"王"字倒是很清晰。听说，过去经常能挖出带有图案的类似这种瓦当的东西，有的村民当作八月十五烙月饼的模子使用。

还有村民捡到了题有"阳周宫"三字的瓦当，当时人们不懂，被一些文物贩子给"捡漏了"。

还听说出土了一方阳周侯的印。这些我都没见到。

村民盛起军讲，他已记不准在哪一年耕地时，挖出了四块铜锭，长约1尺，宽5寸，厚1.5寸，每块重25斤，初步分析是铸币用的铜材，后被县公安局收走，并被罚款200元，原因是未及时上交，收据在县文化馆保存。

20世纪80年代，被水冲出了一窝铜钱，遭哄抢，大都当废铜卖掉了。前几年村主任吕连成又挖出了一窝铜钱，拉了一皮卡车，被县文化馆收走，其品种有六种之多，有货布、货泉、大泉五十、布泉、四铢半两和五铢钱。

最后，村主任又带我来到了一个叫砖窑峁子的地方，这里的住户姓狄，是本村的老户也是大户。狄振兴老人讲，这里之所以叫砖窑峁子，就是这一带曾经有很多古代砖窑，谁也不知道它的年代，现在只剩两处古窑遗迹，其余都被挖掉了。我想，这里应该是古城烧制砖瓦的地方，并建议他们保护好，留作专家考证。

狄老还讲到，1962年，他和他四爸在耕地的时候，在此挖出了一个很大的瓦罐，罐口处还有花纹，他们拿回家装粮食用，能装一斗五升粮，后来有人讲迷信，说这种东西放在家里不吉利，所以被丢弃了。

靖边县文化馆收藏的杨桥畔出土的陶罐上题有"阳周塞司马"五个字，说明这里可能是秦、汉时期的阳周塞关口。司马，是汉代的官称，这个陶罐，应该是守边将军使用的。

初步寻访，让我感觉到这里是一个历史很厚重的地方，如果是阳周古城，那么，根据史籍记载，黄帝的陵寝之地桥山也应该就在附近。

二、寻访黄帝的原冢地

记载黄帝的历史资料本就十分稀少，而关于黄帝陵的地理位置，更是没有一个权威的答案。甘肃省正宁县的黄帝陵（仙人坟），河南省灵宝市的黄帝陵以及河北省涿鹿县黄帝陵，应该是民众自发形成的祭祖思宗之地；而最为海内外华人所公认的，陕西省黄陵县桥山黄帝陵，据说也是个衣冠冢。

《史记·五帝本纪》中曰："黄帝崩，葬桥山。"但是没有说明桥山的具体位置在哪里，给后人留下了一道至今都难以破解的大难题。

而唐人司马贞《史记索隐》引《汉书·地理志》云："桥山在上郡阳周县，山有黄帝冢也。"明确了桥山在上郡阳周县。而上郡之地大多认为在今天的陕西榆林境内。

《汉书·地理志》记载"阳周，桥山在南，有黄帝冢"更是指明了桥山在阳周南。而符合阳周南条件的，目前就是靖边县的龙洲镇和高家沟乡两个地方。

我的第一站选择了去龙洲镇寻访。

（一）龙洲镇的老虎脑是桥山？

龙洲是我的家乡，山奇水秀，让我看不够。一汪汪碧水，一波波涟漪，承载着数不清的历史故事；一层层沙砾，一层层过往，带给人们无限的遐想……

龙洲，单就这个名称，就能让人产生很多的联想。龙洲之名最早始于何时，现有史料记载的是汉时所置，那时叫龙州，也叫龙城关，是军事之重镇，可能是阳周塞的一个关口。这里也许是我们祖宗的发祥之地，所以重兵把守，不容许有失。

最近我在网上看到赵世斌先生的《上古雍州之考证》，其中讲道：

黄帝成长生息地应为今靖边县龙洲镇，其地多有龙虎斗之古传说故事，疑似和轩辕有熊氏族与南蛮蚩尤氏族争斗有关。

黄帝父母"少典、附宝冢"似在今靖边县龙洲镇老虎脑之山巅大坟冢。

老虎脑山地势较高，但山头平缓，山的南面叫桥沟湾，是不是和桥山有关联？山的北边叫悬梁条，过去也有人叫"悬娘条"，是龙母的化身。山的西边二十几公里处有一个地方叫祭山梁，顾名思义，是祭祀的地方。难道老虎脑山为桥山？悬梁条为黄帝父母之坟冢？这一切都有待专家去揭秘。

（二）黄帝原冢在高家沟乡的麻城涧？

除龙洲镇外，最符合条件的就数高家沟乡了，此处刚好距杨桥畔东南40里地。

高家沟我没有去过，大致的方位知道，但路线生疏，所以我重返瓦渣梁，想找到有关高家沟的更多信息。村民冀世龙说他妻子的表弟就住在高家沟，热情的老冀愿意放下手中的活计给我做向导，这让我的寻访更为顺利。

来到高家沟乡，正好赶上老冀妻子的表弟在家门口喂羊。直率的老冀开门见山地问道：你们这里哪达（陕西方言，哪里的意思）埋黄帝？表弟被问得目瞪口呆，而我心里笑赞老冀的可爱。说明来意，表弟说，前不久在王沙湾村来了很多人，说那里有古墓，要进行考查，还跟着医生和救护车。我明白这是对部分老专家实施的保护措施。

王沙湾，过去不叫王沙湾，因村民大都姓王，所以现改名为王沙湾。这一带过去叫麻城涧，也叫"妈城涧"，因西南方向有座古城叫妈城子，所以此处涧地就叫"妈城涧"。关于妈城子是一座什么年代的古城，我还没有找到有关它的记载，这里有褡裢沟新石器遗址，它

们是不是一回事，我现在还没有弄懂。单就一个"妈"字就给人留下很多悬念。

麻城涧的东面有座山叫箭杆梁，为南北走向，似一条龙的形状，龙首部位叫轩辕峁，后来又叫辕峁或放火疙瘩，龙尾部分有红色砂岩，十分陡峭，叫石桥山，疑似桥山，所以有关专家的考查重点都放在了这里。

这里由北至南呈北斗七星状排列着七个大土堆，分别是：齐家圪垯、尚台、黄界、轩辕峁、石坟坑、庙圪垯、圆坟峁。听说靖边县文广局委托统万城考古队三名队员对此进行钻探，其有六处为夯土层。

其中，圆坟峁、石坟坑、庙圪垯（又叫三姐妹坟），呈三角形状等距离排列，本次专家考证时丈量，相距均为三百三十米。

庙圪垯上原建有五龙祠，后又迁建在庙圪垯坡下边。

在西南方向的畔沟千佛洞的毡匠菩萨，据说是黄帝的正妻嫘祖。

南宋《路史》记载："帝采首山铜，铸三鼎于荆山之阳，以向泰乙。能轻能重……八月既望，鼎成死焉，葬上郡阳周之桥山……有黄帝五龙祠，祠在山上，亦曰仙泉祠。"有关地名高度吻合，不服不行。

三、后话

我去瓦渣梁，也就是一次简简单单的旅行，一个人，一条路，一段旅程。只是对所见所闻做了一点记录，享受的只是这个过程。

需要说明的是，我不是专家也非学者，作为一名普通民众，寻根问祖是我的本分。

还原一个真实的历史，不是一朝一夕的事情，更何况对黄帝陵的探讨，应该是举全国之力的大事情，盼望有关部门早日对这一带开展研究和保护。退一步讲，就是不考虑和黄帝陵有关联的问题，这一带也应该是秦汉时期很有分量的一个地方，具有很高的发掘、研究和开发利用价值，望引起全社会的重视。

2017年1月3日

火石峁盖

龙洲丹霞地貌，依山傍水，向四周分布开来，大致可分为东、南、西、北四大块，最大的两块分别在南北两侧，南边围绕闫寨子已经形成了丹霞地貌的主景区，游人目前能看到的主要是这一段。

北边的这一段红色砂岩，由于和龙洲涧相隔两座水库，而且山路崎岖，除了牧羊人，其他人很少过得去，游人知道的更是寥寥无几。这里的红砂岩，千姿百态，造型奇特，磅礴大气，可谓是一步一景，基本上还保留着原始自然状态。

目前对这一带的红砂岩还没有一个统一规范的叫法，当地人称为红砂峁，摄影爱好者称为波浪谷，北边以火石峁盖为中心的红砂岩，我们暂时称呼它为北丹霞。

近两年来，观赏丹霞地貌的游人逐渐增多，游览的范围也在不断扩大，但是能到北丹霞的却很少。作为当地人，我也是分三次才完成了我的北丹霞之旅。

第一次是从西边土桥水库的坝梁上走过去，游览了它西北段一个叫草沟湾的地方；这一次，我是独自前去。

时值6月，天空艳阳高照，山下水库波光潋滟，远望着草沟湾方向层层叠叠的红砂岩，我恨不得一步就跨过去。

原计划是沿着牧羊人踩出的羊肠小道走，没有想到的是，很窄的红石砭，向上看，岩壁陡峭，向下望，碧水深渊，我没有胆量，只得舍近求远，从远处翻越黄土沟壑区过去。

北丹霞背靠大山，面向水库，被雨水冲刷出一条条沟壑，露出一层层如浪的波纹。目前还很少有人踩踏，条纹十分清晰，绽放着迷人的神采。

这里是一个宁静的世界，只能看到少数牧羊人挥舞着牧羊铲，偶尔也有悠扬的信天游飘过来，羊子在红砂岩上面游走，犹如一个色彩缤纷的童话世界，也像一幅巨型的油画铺在上面。

我从早上9点过来，不知不觉，时间已过中午12点，这时才感觉到有点饥饿和劳累，只得恋恋不舍地原路返回。没想到来时容易回去难，干渴加疲惫，让我举步维艰，只得走走歇歇，有时不得不躺下恢复体力。

我闭目沉思，给自己打一打气。通向前方的路有很多条，既然选择了脚下这一条，就是再苦再累也要笑着走下去，因为每条路上的风景不同，你所经历的，也许正是别人渴望得到的。

有了第一次的教训，我已不敢再次冒险。第二次，我约上朋友，带足饮用水，从东边大湾畔水库坝梁上穿过，来到了北丹霞东北段叫闫家峁子的地方。

翻越很多沟沟坎坎，奇异的地貌，让人流连忘返，一层层一弯弯，犹如大地的年轮展现在眼前。几亿年的地质活动，才形成如此壮丽的自然景观，不由得让人感叹天地之悠悠，人生之肤浅。

平缓处，还有野花盛开，顽强的生命力，给人以启迪，生命无贵贱，只要自强不息，在贫瘠的土地上依然能活出精彩，绽放美丽！

走到险峻处，向上望，如刀劈斧砍一般，向下看，是碧水映蓝天。在这里，才能体会到，生命之渺小，大自然之威严。

　　北丹霞远眺，看似连成一片，其实沟壑纵横，很难贯通穿越。几公里的地段，只能是分次走完。

　　第三次我是在二弟的引导下，从北边的三道梁上下来，进入北丹霞的中段，一个叫火石峁盖的地方。

　　站在三道梁上，俯瞰龙洲涧，让人浮想联翩，这里历史厚重，从汉代起自明末，都是边关重地，阻挡着北方游牧部落的侵犯。有多少凄美的故事被厚厚的黄土埋在了下面，也望有一天，像沉积的红砂岩一样展现在世人面前。

　　三道梁，地势较高，龙洲的全景尽收眼底，此处既可观日出，也是拍摄丹霞晨雾的绝佳之地。

　　我这次赶上了难得的大雾天气。由于龙洲涧三面环水，加上塞上昼夜温差大，很容易形成水汽。在云雾升腾中，村庄树木时隐时现，犹如仙境一般，我急促地多次按下相机的快门，贪婪地拍下了这难得的景观。

随着太阳的升起，雾气渐渐散去，我们下到了火石峁盖，一片丹霞碧水呈现在眼前。此时，天更蓝，水更碧，石更红。

火石峁盖，让人遐想无限，亿万年火与石的熔炼，才成就了今天丹霞之壮美。我们在此逗留了很长时间，真正体会了一把什么叫"流连忘返"。大自然的鬼斧神工，让人叹为观止。

火石峁盖，期待你神秘的面纱被早一天揭开。

2017年4月24日

废都新生

最近听说，历史上五胡十六国时期的大夏国国都统万城考古遗址公园建设选址方案，得到了国家文物局的批复。该项目以申报世界遗产和晋级5A级旅游景区为目标，以期将其打造成国内一流的匈奴文化展示区和我国又一世界遗产。

这座被废弃了千年的古都，终于迎来了新生。

古都半隐半现在陕西省靖边县城以北的毛乌素沙漠里，人们习惯地叫它白城子或赫连城。时间已近一千六百年，高大的宫殿建筑台基，雄资尚存，风采依然，透露出那个群雄割据年代的苍凉壮阔。作为匈奴族在人类历史上留下的唯一一处古都遗迹，已引起了世界史学界的关注。

史载，公元413年，赫连勃勃以叱干阿利为大将，动员十万人为其建都城，于公元419年基本完成。命名为"统万"，取"统一天下，君临万邦"之意。

《资治通鉴》卷一二〇《宋记二》记载了统万城当时城池宫殿的华丽："高十仞，基厚三十步，上广十步。宫墙高五仞，其坚可厉刀斧。台榭状大，皆雕镂图画，被以绮绣，穷极文采。"可见其当年的奢侈程度。

那么，赫连勃勃为什么要在此沙漠之地建都呢？当时可能是出于战略上的考虑。同时，在建都时，这里还不是今日黄沙连天的情景。赫连勃勃曾盛赞这里的地理环境："美哉斯阜。临广泽而带清流，吾行地多矣，未见若斯之美。"（《太平御览》卷五五五）

公元418年，赫连勃勃大军南下长安，筑坛于灞上，即皇帝位。群臣请建都长安，赫连勃勃认为，长安是历世皇帝之都，虽然沃饶险固，但魏与我土壤邻接（山西大同），风俗略同，若建都统万，魏必不敢济河而西。

看来，舍弃长安，建都统万，主要是为了防御北魏的需要。

赫连勃勃和北魏是世仇。他的曾祖、祖父、父亲分别在十六国时期的前赵、后赵、前秦等政权中担任过地方官吏，是匈奴的一支望族。赫连勃勃的父亲刘卫辰，更是雄居朔方，兵强马壮，后被北魏拓跋珪打败，族人被诛杀，唯有幼子赫连勃勃逃脱。

然而，让赫连勃勃未曾想到的是，在他死后仅仅两年，大夏国国都统万城还是被他严加防范的世仇攻克。

统万城作为大夏国国都的时间很短，但是，作为我国历史上北方地区的名城雄镇，存在了很多年。自建成之后，历北魏、西魏、北周、隋、唐、五代，不同的时代，发挥着不同的城防功能。到了北宋淳化五年（994），统万城被宋太宗以"夏州深在沙漠，本奸雄窃据之地"为由下令废毁。前后共存在了五百七十五年。

从（唐）无名氏"无定河边暮角声，赫连台畔旅人情。函关归路千余里，一夕秋风白发生"的诗句可以看出，至唐代，这里仍是通往关中到达中原的交通要道。

统万城地区的沙化，在唐代就已十分严重。《新唐书·五行志》记载，长庆二年（822）十月，"夏州大风，飞沙为堆，高及城堞"。这时已距统万城建成四百多年。唐咸通年间（860—874）许棠所作

《夏州道中》诗有"茫茫沙漠广，渐远赫连城"的句子。

统万城能屹立千年而不倒，除应对当时的建筑工艺和材料进行研究外，我认为与沙漠的掩埋是分不开的。自北宋毁城以后，沙进人退，沙漠限制了人类的活动，减少了人为的破坏，使古城淹没在浩瀚的沙漠中，才得以保存至现在。古城因沙漠而毁，也因沙漠而存。

作为靖边人，统万城我去过多次，斑驳的城墙，满目疮痍，给人一种将要消失的感觉。有朋友曾经问过我统万城的情况，我只是说统万城就是一个统万城，没有别的。

随着统万城遗址保护性开发的实施，它的考古价值、旅游价值、文化价值即将展现在世人面前，它的很多历史之谜也将会被逐渐揭

开，包括赫连勃勃的墓葬地等。

公元425年8月，赫连勃勃薨于大夏国国都的永安殿，谥号武烈皇帝，庙号世祖，葬于嘉平陵。但是，嘉平陵在哪里，史籍记载不详。

清嘉庆《延安府志》载："赫连勃勃疑冢，在延川县东南六十里白浮图寺前，有七冢，相传为夏王疑冢云。"

还有传说的甘肃镇原县方家沟赫连墓，山西的霍山赫连勃勃墓，等等。

而最早记载的是《元和郡县图志》："勃勃墓，在县（唐朔方县）西二十五里，隋置白城镇，后废。"

最近，结识了榆林市大夏嘉平陵研究会的会长呼延涛先生。大夏嘉平陵研究会，是一个研究大夏嘉平陵的民间机构。呼先生认为大夏嘉平陵在榆阳区麻黄梁镇一个叫七堆山的地方。

在七堆山东南的双锁山，古称凤凰城，呼先生说这里是赫连勃勃的陵寝。近年来，有当地群众为赫连勃勃立有赫连勃勃凤凰陵石碑。

呼先生讲，赫连勃勃的父亲刘卫辰驻守的代来城就离此不远，这里是赫连勃勃的出生地，赫连勃勃死后回葬故里，也合乎情理。

大夏嘉平陵究竟在何地，无论哪一种判断，没有实物佐证，都难以认定。但是我以为，赫连勃勃就埋在榆林境内的推论，是比较确切的。因为赫连勃勃死后，其子赫连昌继位，并发二百里内民众二万五千人，凿嘉平陵，工程浩大，而且随时随地都会受到北魏的攻击，由此判断，赫连勃勃不可能埋葬很远。

随着统万城考古遗址公园的开发建设，大夏国的神秘面纱将会被逐步揭开。继黄帝陵之后，在陕北这块神奇的土地上，又将会发掘出一座一千六百年前的帝都和王陵，我们拭目以待。

2017年5月8日

闫寨子

　　闫寨子，是一个红颜色的石头古寨。它位于陕西省靖边县城东南二十二公里处龙洲镇的老虎脑山下面，在高约数十丈的悬崖绝壁上凿有石窟，其三面环水，只有南面约有几丈宽的旱嵝岘通向寨子里，是古代易守难攻的战略要地。后因闫姓人家在此附近居住，故称其为闫家寨子，简称闫寨子。它是屹立在丹霞地貌上的一大奇异景观。

　　我想登上闫寨子的想法由来已久，但是，没有向导未敢登临。这次刚好遇到闫寨子村村主任闫志雄先生，他带我先游览了龙洲古城，然后又上了寨子顶。

　　龙洲，自古就是一个军事要塞。龙洲古城堡的遗址有两处，相距大约三公里。一个是明朝时期所建，是明长城三十六营堡之一，它建在龙洲的鸭河沟上边，是靠近长城最近的一座城堡，战略位置十分重要；一个是汉朝时期所建，建在闫寨子旁边，《靖边县志》记载"汉时置龙州，南北朝时属夏州石堡寨。北宋为范仲淹的哨马营"。从记载中我们可以看出，无论朝代如何更替，龙洲古城作为军事要塞的地位始终未变。

　　闫先生讲，"龙洲"过去写作"龙州"，因古龙州堡而得名，但是在20世纪70年代农业学大寨时期，龙洲公社的领导们认为，"龙"

无水不活，所以提笔在"州"上加了一个三点水，就成现在的"洲"了。为此，我查阅了靖边新、旧（民国）县志，县志上一直记载的是"龙州"。我认为，"州"和"洲"还是不要混为一谈为好，一字之差，容易将历史隔断，历史文化应该传承有序。

在离龙洲古城西边约1公里的地方，有一座小山包叫越界峁，顾名思义，这里应为龙洲城的一个哨所，可见这里曾经有一套完整的防御体系。

占地约一百五十亩的龙洲古城，虽历尽沧桑，已成断壁残垣，但是呈正方形的轮廓还在。

古城的奇特之处是，古城只有一道东城门，这可能是我国古城建筑史上所罕见，是不是独有，我不敢下结论。

带着这个疑问，闫先生陪我环游了一圈古城。我发现，龙洲古城西南面稍平坦，东北城墙下边是悬崖和深沟，我想是不是和这里的地形和防御功能有关。

古城西南面地势平坦，若留有城门，容易受到攻击，北面是悬崖，东边是深沟，敌人很难靠近，而且离寨子很近，如果西南城墙边出现了险情，可以从容地从东城门撤离到寨子上，也许这就是龙洲古城只有一个东城门的原因吧。一城一寨，攻防兼备，这一切还有待专业人士去研究。我们现在看到的西门洞，是后来人们在城墙上所挖窑洞的基础上打通的，而非古城门。

闫寨子和龙洲古城在这里构成了一个完整的防御体系，特殊的地理位置，确定了龙洲古城在历朝历代中无法替代的边关要塞的地位。有人问是先有寨子还是先有古城，我的理解是，先有古城后有寨子。古城承担着主要的城防功能，寨子只是个补充，而且可能是经过各个朝代的逐年凿建，才有现在的规模，同时，在朝代更替的间歇中，又转为民用，闫姓人家在此居住就是一个很好的证明。

最后占据闫寨子的是早期的同盟会会员，陕西省国民政府参议员，清末举人，龙洲坪庄人樊士杰（1879—1936），字幼樵，人称"樊老总"。

针对本地匪患严重，特别是甘肃、宁夏、内蒙古三省交界的杨候小、卢占魁、史老尧三股土匪对当地民众正常生活的骚扰，闫寨子在镇守榆林的国民党86师师长井岳秀的资助下，于1922年建起了民团。

1935年靖边县除闫寨子外全境解放，1936年樊老总在去靖边谈判途中被误杀。其余部凭借闫寨子天险固守，直到1941年，因民团内部矛盾而被策反，龙洲狼烟才归平息。

站在闫寨子上面远眺，百米悬崖之下碧水荡漾，蓝天白云映照其中，方圆数公里内奇异的丹霞地貌尽收眼底。茫茫塞上，仁立着如此久远之古寨，实属罕见。

闫先生讲，在红石崖离地面几十米以上凿有很多崖窖子，也叫崖窑，分上中下三层，有三十多间，外人根本无法进去。寨子内有一口井，水很旺，可供数百人饮用。西寨还有一个大石仓库，叫义仓，可屯藏几百石粮食。寨子的顶部，占地三十多亩，也可建防御工事。从地形上讲，易守难攻，为防守的理想之地。

他说第一层的洞窟可以从风化了的小道下去，第二层石窟，就是在古代也要借助栈道才能过去。第一层石窟中，最大一孔可容纳五十多人，顶部凿有一直径约一米的圆形岩洞，垂直通向山顶。我想这可能是供人进出的通道，也可用于从高处往下运送物资、饮食、武器等。架上梯子就可出入，如遇敌情，抽掉梯子，外人就无法进入。

在冷兵器时代，这是少有的防御工事了。

当闫先生准备带我到寨子的第一层石窟游览时，我望着陡峭的悬崖，脚未动，头先晕。我的恐高症让我放弃了本次探险，只好在圆形的石洞口上面伸长脖子向下望了一望，也算不虚此行。

但是我想，应该环绕石头寨建一玻璃栈道，连通上中下三层的洞窟，让游人在空中既可以欣赏到水上丹霞的风采，也能探究古寨石窟的秘密，让古寨换上新装，绽放异彩。

　　我对古寨的探访只是在面上，石崖的险峻，洞里的乾坤，有待开发后才能现出它的真容。但是，这里天然的防御地形，独特的地貌以及绝妙的建造，已经让我惊叹不已。

　　世事沧桑，往事如烟，昔日狼烟烽火虽然已为陈迹，但是历史文化是一个地方的灵魂。闫寨子的存在，让龙洲的丹山碧水，更增添了几分人文历史的文化魅力。

2017年7月10日

黄土屲

　　黄土屲（wā），是陕北随处可见的一种自然地貌。屲，是山坡或斜坡的意思。

　　陕北的山坡很多，但是，人们习惯性地把它写作"圪"，而很少用"屲"字。圪，一般都用作地名，如什么张家圪、李家圪等。佳县有个赤牛圪，是民俗文化村。到那里，能够体验古老而丰富的陕北民俗文化。我没有去过，听说很火，可见，文化是一个地方的根。信天游里有一句"山丹丹那个开花背圪圪上红，你有那个心事慢慢对我明"，所以，在陕北到处都能发现山圪文化的影子。但是真正能代表山坡本意的，应该是这个"屲"字，"山"字上面有一撇，表示斜坡的意思，我们不得不感叹汉字的象形魅力。也许是习惯的原因，人们很少使用"屲"字，反倒使它成了一个生僻字。

　　近日，我随西安市黄土屲采风团的艺术家们，来到了子洲县淮宁湾镇清水沟现代农业园区，参加了文化下乡送温暖活动，体会了一把"黄土坡上的情，沟里头的那个爱"。通过参加黄土屲上的山地苹果采摘活动，才真正体会到了"屲"字的含义，有一种生在黄土地，才识黄土"屲"的感觉。而更让我惊讶的是，清水沟农业生态园已将"黄土屲"注册成了山地有机苹果商标。这让我不得不佩服园区的创始人、公司法

人代表王岗先生深厚的文化底蕴。

王岗先生和我是同学，学的是金融。没想到他和山冈结缘了，由一名城市白领，变成了一个返乡"农民"。

清水沟是他的家乡，虽然名为清水沟，其实这里是典型的黄土卯，最缺的就是水，只因有一无名小河从村里流过而命名。王岗先生四岁时父亲就去世了，是母亲独自含辛茹苦拉扯他们姐弟长大，艰苦的环境，从小练就了王岗先生自强自立的性格。他参加工作后，母亲又不愿意随他进城，因为老人离不开这块故土，常回家看看的他，看到城乡差别日渐扩大，常年躬耕在黄土卯上的父老乡亲，也仅能解决温饱问题，这就让他萌生了创办生态园区的想法。一是可以回家照顾年迈的母亲，二是可以为家乡父老拓展一条脱贫的路。因为这里坡地多，通风好，光照足，都是没有工业污染的山峁沟坡，所以是一块发展生态农业，创建循环经济的理想之地。

他采取"公司＋科技人员＋农户"的运作模式，流转土地二千四百五十六亩。每年每亩补给农民二百元，而流转出土地的农民又可以在他的公司里就业。现在已建起养殖场三个，存栏黑山羊三百六十只，白绒山羊一百五十只，藏香猪一百二十头；建成葡萄长廊一千米，山地矮化苹果一千三百多亩，育苗四十万株，高山蓄水池十一个，小高抽站三座，二百立方米沼气池两个；建成有机肥料管道灌溉及微量元素节水灌溉系统。他的"黄土峁"山地有机苹果、有机小米，已完成了相关认证，现正在转换中。

目前，园区已被榆林市政府命名为"榆林市清水沟现代农业园区""榆林市重点龙头企业"。西北农林科技大学确定其为"教学实习基地""山地苹果节水灌溉示范站""大学生社会实践基地"。公司的全部技术支撑来源于西北农林科技大学。

9月的陕北黄土高原，本该是秋高气爽，阳光灿烂，而今年秋雨较多，我们去的这一天，正是微雨茫茫，但是，隐约的山峦挡不住瓜果飘香。

黄土峁上，秋天的景色五彩缤纷，高粱涨红了脸，糜子笑弯了腰。

红色的枣儿，在淡绿色叶子的映衬下，像一个个红色的玛瑙挂满了枝头，在微雨下，挂着水点，让人垂涎欲滴，顺手摘一颗放在嘴里，清脆香甜。陕北的大枣名不虚传，现场采摘让人流连忘返。

熟透了的苹果，像一个个红色的灯笼，把黄土峁装点得分外绚丽。

据介绍，这里是山地苹果最佳栽种区，温度、日照、土壤、海拔、降水量、昼夜温差、无霜期等均符合世界苹果优生区的七大指

标，园区内新培育的品种成了抢手货。刚好，公司开展有机苹果认养活动，我为了让亲朋好友饱饱口福，也认养了一棵叫"蜜脆"的新品种。子洲的黄土峁上，也有了我的一棵苹果树。

目前，园区总面积已达五千多亩，建有五百吨气调冷库一座，淤地坝四座，新建道路十五公里，辐射带动面积达十三平方公里，带动农户一万五千多户。一个"有机生产、果畜互动、休闲观光、农户参与（包括贫困户）、种养加工、仓储物流、立体营销"的现代化农业生态园区展现在了黄土峁里。

黄土峁的采风，虽属跑马观花，但感受颇深，一方水土养一方人，一方能人造一方福。眼前的翠绿青山，硕果飘香，让我隐约看到陕北黄土地的美妙远景。愿王岗先生的生态园顺风顺水，兴旺发达；愿黄土峁的父老乡亲得利得惠，幸福安康。

2017年9月21日

157

季鸾公园

今年国庆长假，我没有随着人潮外出，清闲之余，来到了季鸾公园。

深秋季节，占地三千多亩的季鸾公园，霜叶如醉，绚丽多彩。

2014年8月，漂泊在外一个多世纪的一代报业宗师张季鸾先生的灵骨从西安迁回故乡榆林，葬于东沙生态园内，东沙生态园遂改名为季鸾公园。从此，榆林又多了一张文化大名片。

先生的陵墓，建在公园的南边，依山而筑，坐北朝南，与苍松翠柏相伴。

在公园的西边最高处，建有一座七层的重檐仿古阁楼，名为凤凰阁，是原榆林东沙生态园的一处登高望远、怀古追先的人文景观，现一楼开辟为张季鸾纪念馆。在纪念馆内，我追寻先生的足迹，感受了先生高尚的人格魅力。

张季鸾（1888—1941），祖籍陕西榆林，生于山东邹平，1901年，在山东任知县的父亲去世后，十四岁的他，随母亲及幼妹千里扶柩返回榆林。后前往醴泉，就读于烟霞草堂，师从关学大儒刘古愚，得到陕西学台沈卫（沈钧儒叔父）的赏识和器重，1905年官费留学日本。1908年进入报坛，成为我国近代新闻事业的奠基者和著名的报刊政论家，同大书法家于右任、水利科学家李仪祉被誉为"陕西三杰"。

辛亥革命后，季鸾先生担任孙中山先生的秘书，负责起草《临时大总统就职宣言》等重要文件。1913年主编《民立报》，因揭露袁世凯镇压民主革命的行径被捕入狱，1917年又因揭露段祺瑞之反动丑闻再次被监禁。

1926年，与吴鼎昌、胡政之接办天津《大公报》，从此，纵横报坛十五年，声名远播海内外，开创了报界传奇。

九一八事变后，其主笔的《大公报》，主张一战到底，很批议和派和投降派，可谓是"笔扫千军"。

西安事变中，他力主和平解决，在《给西安军界的公开信》中讲："……大家同哭一场！这一哭，是中华民族的辛酸泪，是哭祖国的积弱，哭东北，哭冀东，哭绥远，哭多少年来在内忧外患中牺牲生命的同胞！你们要发誓，从此更精诚团结，一致的拥护中国。" 南京国民政府派飞机把印有这篇社评的《大公报》在西安上空投下了数万份，这在中国报业史上也是一次奇观，同时为促成抗日民族统一战线，在舆论上起到了重要的作用。

1941年，《大公报》获得了美国密苏里大学新闻学院颁发的"年度最佳新闻事业服务荣誉奖"这一世界性荣誉。

他曾撰写过三篇被人们称为"三骂"的社评：一骂不可一世吴佩孚，二骂卖国之贼汪精卫，三骂炙手可热蒋介石。张季鸾不偏不倚的态度和立场受到蒋介石的敬重，他后半生一直与之保持良好的私人关系。其超然姿态，也使《大公报》同时受到当时中国政治舞台上两大对立政党的青睐。用他自己的话说就是："以锋利之笔，写忠厚之文；以钝拙之笔，写尖锐之文。"

1934年，他在阔别故乡二十六年后，回乡为父母谒墓、立碑。国学大

师章太炎为其父撰写了墓表，于右任先生亲笔书写，苏州著名的集宝斋刻坊镌刻，留下了被誉为"三绝碑"的艺术珍品，成了国家文化宝库中的一颗明珠。

这次回乡，他受到了故乡人的盛情欢迎。榆林驻军86师师长井岳秀在榆林城外二十里地迎接。季鸾先生在《归乡记》中写道："我在万分感激中，步行入城，夹道人满，拥挤不通。故乡人们，给我这样同情，将使我永远感愧。"可见他在故乡人心中的位置。

在这次回乡中，张季鸾先生还有一大收获就是："最欣幸之事，是在族兄寻弄到一部分家谱。知道原籍是米脂县，明嘉靖年间一位祖先来榆林卫从军，转战阵亡，这一支就做了榆林人。"从他父亲起，往上能数到十三代，而且清代以后的祖先武职居多，从他父亲考取进士起，便变文官了。

1941年9月，报界宗师张季鸾在重庆辞世，陪都各界人士为张季鸾举行了隆重的追悼会。

蒋介石致《大公报》唁电：

> 季鸾先生，一代论宗，精诚爱国，忘劬积瘁，致耗其
> 躯。握手犹温，遽闻殂谢。斯人不作，天下所悲。

周恩来、董必武、邓颖超致张季鸾唁电：

> 季鸾先生，文坛巨擘，报界宗师。谋国之忠，立言之
> 达，尤为士林所矜式。

他用三十年的时光，写下了三千多篇稿件，在中国新闻报刊史上

留下了夺目的一笔，但他没有保存底稿，他谦虚地认为报纸文章没有生命力，他说："早晨还有人看，下午就被人拿去包花生米了。"在他去世后，由胡政之选取他的部分文章，于右任题写的"季鸾文存"被编辑成册，得以留世。

1942年，张季鸾遗体从重庆被迎返陕西故土，下葬在西安市杜曲镇竹林村一座占地四十亩的陵园中，并举行了公祭典礼，蒋介石亲临致祭。当时是人山人海，盛况空前，来人把周围几百亩麦地都踏光了，可见他当时的影响力。

然而多年后，这座远近闻名的陵园，仅剩下一亩见方的土坡，变得面目全非。被当地的一个养猪场和砖场包在中间，由张季鸾后人补立的墓碑，在污浊的空气中孤立于杂草间。有政协人士呼吁将陵园列入省级重点文物保护单位，但最后连长安区区级文物保护单位都不是。

在社会各界人士呼吁和张季鸾家属的请求下，经省政府批准，2014年8月，张季鸾陵墓由原址迁回榆林东沙生态园内，生态园改名为季鸾公园。

当我参观完纪念馆，回首凤凰阁，偶然想到，鸾，乃凤凰也，是巧合，是天意？

站在曾经是一片沙海的公园上，面对着瑟瑟的秋风，又想起张季鸾先生在《归乡记》中所写："榆林附近，是一片沙漠，我看见多年不见的沙丘，反感到一种爱慕。夕阳将下之时，隔着榆溪河，远望沙丘起伏，一片通明。目力所及，有看不尽的烽墩，沙随风舞，犹如海中波浪一般，这是怎样雄伟的风景呀！"久居他乡的张季鸾看到故乡的沙子也是亲切的。但他又写道："我在榆林职业学校曾对学生说过，我们要立志把沙漠变成黄金。"

今天，先生的心愿终于得以实现，昔日的黄沙梁，现在已是绿树成荫，成为集人文、生态、休闲于一体的生态园。

生命源于自然，归于自然。先生叶落归根，魂归故里，也是家乡人民的心愿。

季鸾公园，先生的安息之地，榆林文化的一张靓丽名片。

2017年10月11日

寻找奢延河，再赴瓦渣梁

古老而苍茫的陕北大地上有一条河，它在郦道元的《水经注》里也占据着一定的分量。但是，沧桑变迁，当年的名字早已被历史的长河所淹没，而它仍然默默地在这块土地上流淌。这就是本文所要找的奢延河。

闲暇无事，偶尔翻阅清朝《靖边县志》，在山水篇的记载里，发现家乡龙洲村的小河汇入了奢延河。

"闫家寨、刘家峁儿，诸水自西入之……又东流五里过惠家桥，亦入怀远之奢延河，距镇靖城九十里。"

县志里所说的"镇靖城"为靖边县城旧址，"怀远"是指当时的怀远县，现在属榆林市横山区。我知道，家乡龙洲村的小河经惠家桥汇入了芦河。芦河是穿越靖边、横山两县区的一条河流，最后汇入无定河，没有听说过有什么奢延河。

奢延河，一个陌生的名字，难道是郦道元《水经注》里所记载的奢延水吗？好奇心促使我进一步在古书中探索。

我反复查阅了《水经注》中关于奢延水的记述，然后从奢延水的源头及途经之地各支流的汇入到最后注入黄河，逐一和我所掌握的这一线地理地貌进行对比分析。原来流经陕北的第一条大河无定河，就

是《水经注》里所记载的奢延水，也即《靖边县志》里的奢延河。

本来事情就此可以告一段落，但是随着继续研读《水经注》里对奢延水的记述，一个更加震撼人心的记载让我无法停息。《水经注》里还记录着我们中华民族的人文始祖轩辕黄帝冢的位置信息。

《水经注·卷三》载："奢延水又东，走马水注之。水出西南长城北阳周县故城南桥山，昔二世赐蒙恬死于此。王莽更名上陵畤，山上有黄帝冢故也。帝崩，惟弓剑存焉，故世称黄帝仙矣。"

《水经注》在这里给我们提供的信息是，奢延水、走马水、阳周故城和桥山的黄帝冢，都在一个地理区域内。就是说如果能够确定奢延水和走马水的地理方位，也就能找到阳周故城的地理位置，那么黄帝冢也就在阳周县故城南桥山上了。

《水经注》是我国古代最全面、最系统的一部地理著作，其内容包括了自然地理和人文地理的各个方面，具有很高的文献价值。所以它的记载是可信的。

关于阳周故城，我曾在《瓦渣梁寻古》一文中提道，靖边县杨桥畔镇瓦渣梁村发现的古城遗址，极有可能就是史料上所记载的阳周故城。主要依据的是这里出土的部分文物。而《水经注》上关于对奢延水和走马水的记述，又给我们寻找阳周故城提供了新的分析路径。

所以，我又上网查阅了有关专业人士对《水经注》里所记载的奢延水和走马水的分析，认为无定河就是奢延水的意见比较统一，而对走马水的看法就有些分歧了。

有一部分认为发源于靖边、流经横山区的芦河是走马水，有一部分认为流经子洲、绥德两县的怀宁河是走马水，还有一部分认为流经靖边、横山、子洲、绥德四县区的大理河是走马水。

他们研究的依据也是《水经注》，但大多是从各条河流注入无定河的先后次序入手，对号入座。结果又因与某条河流的走向相矛盾，而很难自圆其说，所以造成了各种意见无法统一。

《水经注》虽然是我国古代综合性的地理著作，但是由于年代久远，河道的变迁、地理名称的变更等因素，给我们的研究增添了一些困难，我们必须综合分析，才不至于钻入牛角尖。

"奢延水又东，走马水注之。" 在无定河向东流经横山区这一段，刚好有芦河水注入。"水出西南长城北阳周县故城南桥山，昔二世赐蒙恬死于此。" 而芦河的发源地刚好就是靖边县杨桥畔瓦渣梁遗址（阳周）的西南面白于山区的杨米涧乡，战国秦长城也经过这里，对应了"水出西南长城北阳周县故城南桥山"。

这样基本可以对号入座，奢延水是无定河，走马水就是芦河，杨桥畔镇瓦渣梁遗址就是阳周故城了。

《汉书·地理志》载："阳周，桥山在南，有黄帝冢。" 那么，杨桥畔镇南边的白于山区就应该是桥山山脉，黄帝冢应该就是在这里。

为此，我决定再上瓦渣梁，做进一步的寻访。

历史上的阳周城，是秦汉时期上郡的一座名城，秦大将蒙恬在此屯兵三十万防御匈奴，后来蒙恬被秦二世赐死于阳周城。东汉王莽时，由于匈奴的入侵，上郡阳周城被废弃。北魏时候又在甘肃正宁设阳周县，以致在后来的记载中以讹传讹，对古阳周研究造成了混乱。

目前发现的杨桥畔瓦渣梁古城遗址，城垣轮廓基本呈长方形，规模宏大，边长约一千二百米，宽约一千米，面积超过一百万平方米，地表散布大量战国至秦汉的砖瓦、陶器残片和铸币遗址等。

与城址相对应的墓址发现了三处，根据自然地名分别命名为老坟梁、渠树壕、惠桥羊肠子。在老坟梁墓址，仅在经过的铁路建设范围内，就发掘出墓葬二百多座，估计墓葬超过万余座，现在已发掘出五座汉代壁画墓。可见当时城池之大与人口之稠密。

而最主要的是出土了"阳周塞司马"陶罐、"阳周宫"瓦当以及阳周侯印等。从目前来看，这是其他疑似阳周故城遗址无法相比的，足以证明此处就是秦汉时期的阳周故城。

为了进一步确定我对《水经注》有关记载理解的准确性，这次，我决定登上瓦渣梁北边的最高点高墩沙山梁做进一步的观察考证。这样，居高临下，既可以一览古城全貌，又可向南眺望，寻觅一点桥山的影子。

高墩沙位于毛乌素沙漠南缘，海拔一千四百八十五米，屹立在芦河的北岸，数十里外便可望见。万里长城从东到西蜿蜒穿过这里，在

最高点处建了一个墩台，这就是高墩沙名称的由来。这里苍茫空旷，一般无人踏足，所以我未敢独自去闯，而是约了弟弟李秀山和表哥闫志英以及靖边农商银行的王成杰先生一同前往。

今日的高墩沙经过多年飞播造林，野草和灌木将沙漠完全覆盖了。这里没有路，我们只能在草丛中穿行，为了安全，每人捡了一条小树枝，边走边在草丛中拍打，害怕踩到蛇或触碰马蜂窝。没想到"打草惊蛇"这一招还真管用，真的赶出来一条蛇从我们眼前爬过，从此我们更加小心地向着最高点的墩台攀行。

登上台顶，东西南北一览无余，长城从东、西两边分开，砖砌的墙垛上有一部分墙砖还在。脚下芦河如带，向东流去。

来到这里，对《水经注·卷三》的理解又上了一个台阶："奢延

水又东，走马水注之……其水东流，昔段颎追羌出桥门至走马水，闻羌在奢延泽，即此处也。门，即桥山之长城门也。始皇令太子扶苏与蒙恬筑长城，起至临洮，至于碣石，即是城也。其水东北流入长城，又东北注入奢延水。"

在这里能够发现，关于走马水的记载与芦河水的流经方向完全一致，可以认定，走马水就是芦河了。记载里提到的"奢延泽"，就是芦河以北几十公里处的大夏国故都统万城一带，这里在大夏国以前设奢延县，无定河从这里开始叫奢延水。

站在高墩沙上向南眺望，白于山一望无际，苍苍茫茫，应该就是桥山山脉了。

白于山位于陕西的西北部，东西横跨一百二十多公里，桥山的范围不可能那么大，应是某一个峰峦。从这里向南观望，对面是龙洲镇和高家沟乡这一带，而高家沟乡的王沙湾村有疑似桥山的地方，我在《瓦渣梁寻古》一文中讲过，这里不再赘述。

正南面的山头就是龙洲镇的老虎脑了，老虎脑海拔一千七百三十米，是白于山的主要峰峦之一，向上望，巍峨险峻。《尔雅》云："山锐而高曰桥也。" 难道老虎脑山就是桥山？我沉浸在了无限的遐想中……

这时西南山上乌云翻滚，不一会老虎脑便隐没于云雾之中。雷声隆隆，浓云向我们这边翻动，山高人为峰，最容易受到雷击，我们很快从高墩沙上撤下来，结束了此次的行程。

神秘的老虎脑山，是不是阳周故城南的桥山，凭我的肉眼凡胎，只能认识到这里。我想，就是找到了桥山，也不一定就会有震撼人心的场面出现，《水经注》曰："帝崩，惟弓剑存焉，故世称黄帝仙矣。"

2018年10月8日

瓦渣梁寻古散记

对阳周故城的寻访，我在《瓦渣梁寻古》和《寻找奢延河，再赴瓦渣梁》的文章中已做了详细的介绍。在寻访过程中，也遇到了很多值得记录的故事。

一、最后的匈奴

我第一次到杨桥畔镇瓦渣梁村探访汉代城址是2016年11月。时值初冬，天气很冷，还有风，我独自一人向村民打问情况，引来了很多好奇的村民。大冷天的，有人怀疑我是"盗宝"的人，我说我是一个游人，是寻宝而不是盗宝，热情的村民把我领到了村主任那里。

村主任姓吕，叫吕连成，长方脸、络腮胡、高鼻头，年龄虽长，但不失威武之气。他感觉到了我的好奇，开玩笑说，他有少数民族的基因，我信以为真。然而，他又说，他是地地道道的本地人，是村里狄姓人家的外甥，养儿随娘舅，所以就长成这个样子了。

吕主任随意的一句调侃，调动起了我的好奇心。狄姓，在当地确实是很少见到的一个姓氏，难道他们真的有少数民族的基因？

传说，在黄帝时期，整个西北地区的气候都非常湿润，水草丰美，是适合人类居住的地区。隋唐以后，降水量减少，才慢慢地变成了干旱和半干旱地区。秦汉时期的陕北，是人类理想的生存之地，以至成为大汉民族和匈奴等少数游牧民族的争夺之地，同时也成为各民族的融合之地。所以一部分匈奴民族在此汉化不是没有可能。

对此，我决定来个打破砂锅问到底，让吕主任带我来到了他的五舅狄振兴老人家里。

狄老虽已年逾古稀，但是精神矍铄，红光满面，头脑清晰，十分和蔼。

狄老说，瓦渣梁村现住有八十一户村民，四百多口人，耕地二千多亩，有张、冀、吕、刘、盛、狄几大姓。而狄家在本村是大户，狄氏人口占到了全村人口的四分之一，同时狄氏也是老户，最早可以追溯到宋代。

狄老讲，1958年，兰州军区某部在杨桥畔镇老坟梁建农场的时候，挖出了宋时的两座古墓，埋葬着一个文官狄英，一个武官狄连。这里正是他们狄氏家族历代的祭祖之地。还有一处祭祖地，在修建太中银铁路的时候被强行平掉了。

这里提到的老坟梁我知道，在瓦渣梁村子的南边，是一片被黄沙覆盖的古墓群，出土了很多有价值的文物。

狄老又讲，同治年期间发生的"回民起义"，使他们家族几乎遭到灭族之灾，全族六百多口人死于战乱，只有一个四十多岁的男子带着四岁男童逃出，在山西无名山庄落身，战乱平息后，又回到了现在叫砖窑峁子的地方，掩埋了亲人的骸骨，在此繁衍生息下来。这次战乱也造成了他们家族历史记忆的中断。

听到这里，我惊讶不已，杨桥畔狄氏至少在宋代甚至以前就在此地定居，这样的家族史确实如化石一般珍贵。

告别了狄老，我便对狄姓的来龙去脉做了进一步的了解。

查阅有关资料得知，狄姓是典型的多民族、多源流的姓氏，在我国百家姓里虽未进入前一百位，然而，狄姓在我国却历史悠长。

历史上代表性的狄氏人物有唐朝的狄仁杰、北宋时的狄青。

狄姓宗祠有一四言通用联：

心存唐室

功著宋廷

上联典指唐代大臣狄仁杰，下联典指北宋大将狄青。在这四言通用联中，我个人感觉好像有点外族汉化、归顺朝廷的意思。

《五代史》记载，唐昭宗的时候，曾经捕获契丹族的首领杨隐，后来他归降了唐王朝，唐昭宗赐他姓名狄怀忠，他的后裔于是

因袭狄姓。

还有《北史》记载，中国的西北部有回鹘族，是秦汉时期古匈奴民族的一个别支，其中有一个庞大的分支，汉史中北称高车族，南称丁零族。在唐朝中后期至五代时期，该族部分族人逐步改称单字汉姓，北方多称为狄氏，南方多称为翟氏，后来逐渐融合在华夏汉族之中，世代相传至今。而回鹘民族的主体部族，则大多留居新疆、青海地区，逐渐演化为维吾尔族。

再就是这里离匈奴大夏国国都统万城仅四十多公里，统万城被北魏太武皇帝拓跋焘攻克后，大夏国有一将领叫狄子玉的归降了魏军。

考查到此我认为，这里的狄氏家族，应该和古匈奴的一个别支回鹘族以及大夏国将领狄子玉等有一定的渊源。

二、老坟梁汉墓

老坟梁，在杨桥畔镇瓦渣梁村的南边，是一条被沙子掩盖的黄土梁，厚厚的黄土下边掩埋着很多古墓葬，人们把此处称作老坟梁。

老坟，一般是当地人对祖坟的尊称，如张家的老坟、李家的老坟等等。而对一些山梁上发现的无名墓葬地，一般则称其为乱坟梁。将此处称为老坟梁，说明此处的墓葬具有一定的影响力。

老坟梁离我家的村子不足十公里，小时候，我常随大人们到杨桥畔镇上去赶集，老坟梁是必经之地。听大人们说，这里是埋着很多很多死人的地方。每次路过这里，我都会心生恐惧。

听说在夜晚，这里有时会出现幽幽的鬼火，有的是绿色有的是蓝色有的是红色，老人们称之为鬼灯笼。有时还会跟在人的后面忽隐忽现，飘忽不定，胆子小的人晚上是不敢路过这里的。

所以，潜移默化，我小的时候也是很怕鬼的。后来慢慢知道，这是人死之后，骨头里产生的磷化氢，遇热燃烧，人经过时带动空气流动，磷火也就跟在你后边走了，你快它也快，你慢它也慢。

转眼几十年过去，再次引起我对老坟梁关注的，是在去瓦渣梁考察过程中，听说在老坟梁及周边，陆续发掘出墓葬二百多座，预测古墓葬超过万余座。规模如此庞大的古墓群的存在，说明当时的杨桥畔一带，应该有一座相当规模的城市，老坟梁是该座城市的陵园或者公墓区。

听说，发掘出的几座汉代墓的壁画非常精美和珍贵，我决定实地踏看一番。由于一个人不太方便，我便邀请了杨桥畔镇的冀世龙先生当向导，一同前往。

热情的老冀，带我几乎跑遍了整个老坟梁，遗憾的是没有找到一处汉墓墓室。最后才知道，这里的古墓被盗得很严重，有几座汉墓，里边的文物全部被盗一空，只留下了古墓中的壁画，目前墓室已被填埋，暂且保护起来，我们不得不带着遗憾离开。

但是沿着山梁上行走，仍能看到很多洛阳铲遗留下的盗洞，而且时间也并不算很久，还能见到散落在外的零散的墓砖，有的凹凸可以拼接。

最后听说靖边县收藏家协会会长马金先生保存有杨桥畔汉墓壁画照片，我便联系到了马先生，在他的展室里看到了汉墓的部分图片。

从壁画上看，既有对当时生产、生活环境的记录，也有对天文地理的认知和探索，更有充满浪漫主义色彩的想象的画，如天上的飞鸟，地上行走的动物，水中游走的鱼儿，都可成为为人类服务的工具，见证了古人超强的想象力。

马金先生讲，有一座墓葬被打开后，发现墓室已被盗，但壁画还没有被破坏，有车马出行图、歌舞燕居图等等。

最重要的是在墓室拱顶部的天文星象图，是迄今为止中国考古界发现的最完整的具有星形、星数、题名、图像四要素的天文图。以北斗为中心，包含了日月、黄道、二十八星宿等。经过剥离后，现保存在西安考古研究院。

汉墓的发现，为探讨汉代天文学的发展状况，了解当时的宗教思想、与丧葬有关的习俗，以及研究先秦两汉时期的神话传说等提供了珍贵的资料。同时，对汉代科学史、文化史、宗教思想史、文学史的研究，以及历史学、考古学研究等，都具有一定的参考意义。也更进一步证明，杨桥畔镇瓦渣梁古城遗址在秦汉时期已非一般规模的城市。

目前，汉代古城遗址已被国务院确定为国家重点文物保护单位，瓦渣梁村已改名为阳周村，随着古遗址的进一步发掘，历史的真相会进一步再现。

三、庙梁遗存

要证明一个古代遗迹的真实性，一是文献的记载，二是要有出土文物佐证。

听说杨桥畔出土了一个刻有"阳周塞司马"的陶罐，现收藏在靖边县博物馆内，所以我又来到了靖边县博物馆。

靖边县博物馆，建于县城东郊迎宾大道边的五台森林公园内。记得在二十世纪六七十年代，这里是一片荒凉之地，在备战备荒时期，为防止苏联的入侵，这里是轰炸机的打靶场地。后来县政府动员在这里植树造林，在历届班子的接力下，曾经的不毛之地，变成万亩用材林基地。后又改造成了一座森林公园，现已是3A级旅游景区了。

昔日黄沙梁，今日万亩林。公园设计，依山就势，松柏常青，更兼亭台楼阁，小桥流水，杨柳依依，好一处沙漠里的休闲之地。

靖边博物馆，就坐落在公园内北边的一处小高地上，居高临下，气势恢宏，高端大气，既是公园内的一大景观，又是青少年的爱国主义教育基地。

在靖边县博物馆内，我不仅如愿看到了"阳周塞司马"的陶罐，而且，随着讲解员的介绍，我了解到更多靖边县的前世今生。

据考古和历次文物普查显示，靖边地处河套地区，这里史前遗址遍布，已证明是我国古代文明发祥地之一。

早在五万年前就有人类在此生息繁衍。1923年，法国考古学家桑志华、德日进，在距离县城西三十五公里处的小桥畔村采集到河套人的牙齿、打制石器，以及象牙化石、披毛犀等古生物化石。证明早在旧石器时代就有人在此地居住。其中，象牙化石在天津博物馆收藏。

这里还展出了1996年至2001年，在红墩界镇五庄窠梁遗址发掘出的，属仰韶文化晚期至龙山文化早期的遗存，获得各类文物千余件。

仰韶文化，是黄河中游的新石器时代文化，因1921年首次在河南省渑池县仰韶村发现而命名。目前，在靖边县内就发现仰韶文化遗址一百五十五处。

龙山文化是1928年在山东省龙山镇（今属济南市章丘区）首次发现而得名，靖边目前发现的龙山文化遗址有一百五十一处。

出土的生产工具和大量动物遗存表明，当时靖边的自然条件远较今日优越，人们过着以农耕为主，狩猎、捕鱼为辅的定居生活。

2017年，蒙西—华中铁路运煤专线要从靖边县杨桥畔镇的庙梁段通过，陕西省考古研究院、榆林市文物考古勘探队和靖边县文管办，联合对铁路路基区进行了抢救性的发掘，发现此处人类活动的遗址距今有四千多年，并确定为庙梁遗址，属仰韶文化后期，龙山文化早晚期。

清理出房址二十七座、灰坑四十七座、窑址两座，墓葬一座。出土了陶、石、骨等标本约二百件。更重要的是，在两个不同的灰坑中发掘出三具少年和一具成年人的骨骼。陕西省考古研究院专家们认为，这很可能是一种祭祀行为。

距今有四千多年的神木石峁遗址，发现了大量用年轻人做祭祀的现象。而这里比石峁的年代还要早，应该是石峁文化的前身。这就说明了当时的社会已经出现了严重的阶层分化，出现了社会等级。

石峁文化被认为是中国文明的前夜，而石峁遗址也入选"二十一世纪世界重大考古发现"，有人甚至说它可能是我国四千多年前北方地区国家级的都城，随着它的发掘，会给我们带来更多的信息。

从目前的情况来看，它至少能证明中华民族五千年文化的真实性，而杨桥畔庙梁遗存的发现又是一个有力的佐证，庙梁遗存，也可称得上为庙梁文化了。

神奇的陕北大地，厚重的黄土下面埋藏着太多不为人知的故事啊！

怡情闲趣

闲话醉酒

自从有了酒，世界就变得丰富多彩。对饮酒者，人们看法有分歧，主要是酒能成事，也能败事，所以褒贬不一。

本人喜欢饮酒，对酒有自己的理解。酒无对错，就看你怎样用。正所谓"酒不醉人人自醉，花不迷人人自迷"。

古人曰，"酒可千日不饮，不可一饮而不醉"，说明喝酒是为了醉，俗语讲，"喝酒为醉，放账为利"。酒能流传数千年，酒能醉人，是它的最大魅力。

最初酒被当作药物，酒是百药之长，《千金方》载"一人饮，一家无疫，一家饮，一里无疫"。利用药酒延年益寿，是我国劳动人民的一大发明创造，相传三国时期华佗制的除夕用"屠苏酒"，至今仍被日本人所推崇。

酒又是一把双刃剑，"酒坏君子水坏路，神仙也出不了酒的够"。多少英雄豪杰因酒误事，功亏一篑，倒在即将成功的最后一里地。而武松醉酒打虎，却成就了他的英雄美名。

酒与诗也早有联系，有"诗酒同宗"之说。王羲之与朋友饮酒聚会，成就了名垂千古的《兰亭序》；陶渊明的诗文有半数之多与酒有关；更有"李白斗酒诗百篇"的典故。正是，翻开古诗书，扑鼻酒气香。

然而，品酒虽高雅，酒场却势利。古训讲："有钱道真语，无钱语不真。不信但看筵中酒，杯杯先敬有钱人。"达官显贵醉酒成佳话，穷人喝多变笑柄。《红楼梦》里，史湘云醉卧芍药花丛，成了一道美丽的风景线，还有蝴蝶围着飞；而刘姥姥酒后失态，跑到宝玉房间里，弄的是满屋子臭气，带有明显的歧视意味。

曹孟德的"对酒当歌，人生几何！……何以解忧，唯有杜康"成为千古名句，他是在借酒抒怀，抒发他强烈的政治抱负和要实现的政治目的。如果酒能解愁，我们天天喝酒，全世界人民就不再有艰难困苦，岂不更好？有道是酒入愁肠愁更愁。端起的是那忘情的酒，咽下的却是酸楚的泪。"药能治假病，酒不解真愁。"

噫吁嚱！中国酒文化源远流长，博大精深，本人实在不敢多言妄语，提醒诸君，"花看半开，酒喝微醉"，"若要断酒法，醒眼看醉人"。

2016年4月20日

五月观花

五月的一天，雨过天晴，阳光灿烂，与朋友相约，到延安市富县境内石泓寺游览。

石泓寺，位于富县直罗镇槐树庄川子河北岸，陕西省子午岭自然保护区内，始建于隋代大业年间，经唐、宋、元、明、清一千余年的续建，遂成规模，现为国家重点文物保护单位。崖壁上凿有一字排列的大小七个洞窟，洞内雕有各种佛像三千七百余尊，是来延安旅游观光的重要景点。周边苍山环抱，洞前绿水长流。

明嘉靖延安知府刘汝作诗赞曰："飞阁撑云栈，清泉绕茂林"，"丹崖环碧水，宝梵倚苍峰"。

出了石泓寺，举步向西，眼前出现了意外的惊喜，一片牡丹花海映入眼帘，此时正遇富县华恒农业科技发展有限公司为他们的槐树庄油用牡丹基地航拍，我们随之进入牡丹园。

五月，本已过了观花的季节，但是富县的槐树庄，草长莺飞，山花烂漫，像一座美丽的大花园。

漫步这里，不时有槐花、牡丹花及各种山花的香味随着微风悠悠飘来，馨香扑鼻，不由得让人想起唐李山甫的《牡丹》诗"邀勒春风不早开，众芳飘后上楼台。数苞仙艳火中出，一片异香天上来"令人心旷神怡。

槐树庄，地处子午岭自然保护区内，陕北黄土高原特有的地理环境，孕育了这块风水宝地，让春天姗姗来迟，此处牡丹更是鲜有人知。

据牡丹栽种基地管理人员王先生介绍，他们目前主要栽种的品种为紫斑牡丹和凤丹牡丹，属于油用牡丹，已开花结籽的近两千亩，幼苗三千亩，花色以白色为主，也具有很好的观赏性。当年白居易也曾用白牡丹自嘲，"白花冷淡无人爱，亦占芳名道牡丹"，诗人借花抒怀，抒发了自己怀才不遇的心情。

牡丹是多年生小灌木，耐干旱，耐贫瘠，一次种植，可以四十年不换茬，堪称"铁杆庄稼"，有的寿命可长达百年、千年，山西古县一个小山村就有一株一千三百年的紫斑牡丹。牡丹全身都是宝，其花可酿酒，其根（丹皮）可入药，其籽可榨油。

当前，世界各国都将木本油料作物作为解决食用油来源的主要渠道，逐步取代传统的大豆油和菜籽油。

牡丹籽油是中国特有的木本坚果油，是目前世界上发现的最好的食用油。其不饱和脂肪酸的含量为92.26%，其营养价值远远超过被人们称之为"健康之油"的橄榄油；其亚麻酸的含量为43%以上，是橄榄油的二百多倍，是植物油中的珍品。

亚麻酸，存在于各种植物油内，是构成人体脑细胞和组织细胞的重要成分，是人体不可缺少而自身又无法合成也不可替代的不饱和脂肪酸。

2011年3月22日，牡丹油被国家卫生部批准为新资源食品，现在又在向医药、保健品、化妆品等领域发展。

出了牡丹园，沿着槐树庄公路继续向西，川子河两岸子午岭风光尽收眼底。

子午岭，地跨陕西、甘肃两省，因与本初子午线方向一致而得名，著名的秦直道遗址就在上边。这里不仅有优美的高原林海风

光，而且有丰富的动植物资源。

　　查阅有关资料，保护区内有动物二十七目五十九科一百八十八种。其中有国家一级保护动物金雕、黑鹳、金钱豹三种，国家二级保护动物十六种。植物有六纲九十三科三百二十三属五百九十六种。国家和省级重点保护植物有紫斑牡丹、核桃楸、刺五加、杜松、陕西鹅耳枥和文冠果等。

　　这里被称为黄土高原上的天然物种基因库和陕北生态安全的桥头堡，是黄土高原上保留下来的一份极其珍贵的自然遗产。

　　再往前行，不远处，1958年建成的人工湖榆林水库波光潋滟，站在湖堤上远眺，三山夹一水，妙不可言。野鸭悠闲地在水面嬉戏，不时有鱼儿跃出水面，鱼鹰在上面盘旋，完全是一幅原始的自然画面，让人流

连忘返。

　　槐树庄的五月，山青，水碧，花更艳。诗人白居易的"人间四月芳菲尽，山寺桃花始盛开。长恨春归无觅处，不知转入此中来"，仿佛专为此处所写。

　　槐树庄的五月，春还在，山花烂漫，牡丹盛开。这里的一切，还是那样原始，那样纯朴自然。

　　人们一般只知道洛阳牡丹、菏泽牡丹，不曾想，这里却隐藏着一个世外桃源，一个五月盛开的子午牡丹。

2016年5月23日

190

寒门贵子

暑热难当，湖边、池塘成为躲避酷暑的好地方。人们三三两两来到湖边，借着微风送来的清凉，享受着荷花散发出的清香。

从古至今，人们对荷花的喜爱，久盛不衰。楚楚动人的荷花，永远是一首迷人的歌。杨万里的"接天莲叶无穷碧，映日荷花别样红"，更是描绘出了一幅赏荷的大场景。

然而最有名的还要数北宋诗人周敦颐的"出淤泥而不染，濯清涟而不妖"的名句。但也有人质疑，"纵使清凉遮炎夏，为甚委靡躲寒冬？既然不愿纤尘染，何必立身淤泥中"？而李清照的《一剪梅·红藕香残玉簟秋》，是词人借荷寓情，表达的是一种相思，两地闲愁。

其实，所有这些都是人们将个人的情感强加于荷花之上，以物喻人，各取所需。而荷花自有荷花的生长轨迹，不以人们的喜好为转移。

荷花虽出身低微，但对滋养自己的母亲淤泥不离不弃，不管世俗的褒贬，随遇而安，处之泰然，一如既往地扎根在泥土里，自强不息，活出了自己的精彩。我认为用"寒门贵子"称呼她才是最佳的赞美。

而淤泥的精神更是难能可贵，虽然经常被人误解，背负着"污泥"的名声，但从不抱怨，仍默默地为荷花的生长提供着营养。

作为淤泥，能做到默默奉献本身就难；在默默的奉献中，遭受

冷嘲热讽则更难；而在默默的奉献中，遭遇误解而无怨无悔地继续奉献，更是难上加难。

因此，我们在赞美荷花的同时，不要忘记了淤泥无私的爱，没有淤泥的滋养，哪来荷花的清香。

荷花用她忠贞不渝的品格，回报了淤泥对自己的爱，在其生命最富青春魅力的时期，能无视世俗的眼光，昂起高贵的头，向世人宣布荷花因淤泥而美丽，为母亲争得了荣誉。

荷花个性独立鲜活，不攀高枝，花开独朵，亭亭玉立，淳朴自然，清秀雅洁，不和别的花争奇斗艳。正如《赞莲》中所写："陆上百花竞芬芳，碧水潭泮默默香。不与桃李争春风，七月流火送清凉。"

荷花看似柔弱，骨子里却坚强不屈。风雨过后，仍然像战士一样，笔直地站在那里，守卫并装点着给她生命的这一方水土。

荷花的可贵之处还在于识时务、知进退，在不属于自己的季节，"暂谢铅华养生机，一朝春雨碧满堂"。秋冬后，她又回到母亲的怀抱，积蓄着能量，休养生息，等待着为来年奉献美丽。

荷花的成功告诉我们一个道理：出身无所谓高低，只要自尊、自重、自洁，自强、自信、自立，同样能赢得尊重和赞美。

荷花的美丽也说明了一个问题：家门的贫寒，并不会影响你走向成功的路，反而是你立志的动力和源泉。

高洁淡雅的荷花，你的出类拔萃，引来多少文人墨客的赞美，我用"寒门贵子"来赞美你，愿人间寒门多贵子。

2016年7月24日

春雪醉人

"不知细叶谁裁出，二月春风似剪刀。"这是唐代诗人贺知章的咏物诗句，是借柳树咏春风，赞美她裁出了春天。

北方的春天，总是那么羞涩，那么神秘。春风乍起，欲暖还寒。一场大雪飞来，银装素裹，白雪皑皑。

2017年的第一场雪，好像比往年来得更晚一些。加上去年一冬的干旱，人们望眼欲穿，一场不期而至的大雪，给久旱的北方大地带来了生机，也让人们兴奋不已。网络上铺天盖地的咏雪、赞雪的文字，煮雪、玩雪、踏雪的图片无不展示出人们对美好生活的向往和赞美。

春雪带来了诗情，也带来了画意！

当然我也不会放弃这一难得的赏雪机会。我推开窗户向外一看，一夜的大雪，好像给大地铺上了一层厚厚的白绒毯。雪花还在飘洒着，天地一色，浩瀚洁白。

春雪难留，转瞬即逝。我抓紧时间，走向了榆溪河堤。

榆溪河，是无定河的一条主要支流，由北向南穿过榆林市区，在东南方向与无定河交汇。在流经市区的中北段，已建成了河滨公园，我选择了正在建而还未建成的南边一段去踏雪。

雪中的榆溪河边，能见度很低，但朦胧中仍可见树枝挂雪，素

雅洁白，脚下流水潺潺。我正在徘徊间，巧遇搞建筑的叶先生也来踏雪。他说他对这里的环境较为熟悉，我们便深一脚浅一脚地结伴踏雪而行。

榆溪河边，凉凉的湿意，幽远而静谧，听不到城市的喧嚣，忘却了城市的压抑。厚厚的积雪闪亮洁白，纤尘不染，一块无尘的净土，美得让人不忍踏足。飘飘洒洒的雪花落入河里，好一幅天然的山水画卷。我想，如果人心都如这白雪一样纯洁，那该是一个多么美好的世界！

春雪之美，美在它的悄然而至，美在它的出乎意外。它带给人们一份惊喜，一份馈赠，带给人们真正的春的信息。

当我们从河堤返回到环城边，不知不觉时间已过11点，风雪已停。

我们驻足观看，脚下未开发建设的土地，在大雪的覆盖下，那么原始和古朴，而前方城市的建筑高高矗立在那里，和这白色相映成趣，让人心旷神怡。叶先生首先登上了雪地的最高点，张开双臂，向我示意。

春雪之美，美在它会稍纵即逝。这时，居住在附近的人们陆续从家里走出来，抓住这难得的赏雪机会，女士们在笑语声中留下了倩影，小孩嬉闹在堆雪人、打雪仗的欢乐气氛中。

一位女士牵着她的爱犬踏雪，可能是小家伙没有见过这冰天雪地的大世面，失去了往日的萌态，尽情地撒欢，极力要挣脱束缚它的缰绳，而主人却抓得更紧，生怕手一松，小狗会消失在茫茫的雪色之中。

春雪很美，美到醉人。从古至今，多少才子才女借物抒情，写尽了白雪的无瑕，人生的坎坷。而现代诗人们，也是陶醉在这银色世界里不能自拔。

更有醉得不轻者，突发奇想，说什么：
是冬负了雪
还是雪背叛了冬
你本该是冬的伴侣
却跑来做春的情人
…………
连雪都移情别恋
这个世界
乱了

醒醒吧，朋友，请别忘了：春雪也如油，润物细无声。

2017年2月23日

197

狗逮老鼠

记得小时候，很喜欢看狗逮老鼠。因为猫逮老鼠是为了吃，狗逮老鼠是为了玩，而且也很会玩。

老院子里如果有老鼠出没，一旦被狗逮住，就会上演一幕狗耍老鼠的好戏。老鼠逃走又被狗抓回来，如此往复，老鼠真是受尽了狗的气。当老鼠感到实在是难逃狗掌时，便开始装死，躺在那里不动，这时，狗也好像觉得老鼠玩不起，也卧在那里不理老鼠了。老鼠以为来了机会，翻身就逃，结果又被狗抓了回来。当老鼠被玩得精疲力尽，绝望之际，又轮到狗在装了。狗离开了老鼠，假装睡觉，老鼠感到这又是一次难得的逃生机会，便使出最后一点力气，拼命向外跑去，这时狗又猛然纵身一跃，将老鼠逮住，最后直至老鼠死掉，游戏才算结束。

捉老鼠的最好季节是在秋收的这段时间里，庄稼收割了以后，一般要在地里堆放一段时间，一是为了晾干，二是好腾出时间抢收。老人们讲，八月的雷声不空回，搞不好，一次冰雹，就让一年的辛苦付之东流，这是真正的龙口夺粮的时间。

然而就在这个时段里，存放在地里的庄稼垛了，就成了老鼠的天然粮仓，老鼠会在下边挖洞，造窝，在鼠洞里储藏粮食。

当农民腾出手来，将庄稼垛子搬到场地上开始打粮后，老鼠也就暴露在光天化日之下，小孩子们就带着小狗开始逮老鼠了，如果老鼠藏在鼠洞里，凭狗的嗅觉，也能将它们挖出来。

一般来讲，猫捉老鼠是天职，让狗插上一嘴，人们不太理解，狗又不吃老鼠，只是逮着玩，表面上看，好像有点不务正业，有管闲事之嫌。细一想，狗是看家护院的，遇到偷盗的鼠辈，管一管也是分内之事。

其实，老鼠的天敌很多，除猫、狗外，鸡也逮老鼠，看见小老鼠，鸡也不会放过它。我亲眼见过老鼠被鸡争啄而亡。

在自然界，野猫、猫头鹰、老鹰、喜鹊、蛇、黄鼠狼、狐等都是老鼠的天敌。很难想象，老鼠的敌人那么多，但是老鼠家族仍然兴旺发达。

然而，今年回到老家后，偶然听说老鼠少了。乍一听，感到惊奇，我想这怎么可能呢！老鼠的生存繁殖能力那可不是一般动物能比的。后来又无意间得到了左邻右舍及邻村的信息，说是在不知不觉中，老鼠真的和过去比少了许多。如果是治理的结果，鼠害减少，那倒是幸事，证明人类有能力掌控鼠害。然而事情可能没有想得那么简单。

这让我想起了网上有一个流传，说山西和吉林等地由于转基因玉米的种植，使老鼠的生育能力下降，老鼠在当地消失了。以后又听说此报道不实，不过，我也不是很相信。我想，这美国研究出来的东西，就这么不可思议？用于治疗心脑血管疾病的药物，却成了治疗阳痿的主打药，而用于提高产量的转基因玉米，却又让老鼠绝育？这歪打得也有点离谱了。

对转基因作物的利弊，好像全世界都有争议，公说公有理婆说婆有理。在我国，主要是民间反对的声浪要大一些。因为我对转基因问题不懂，所以不敢胡乱发言，不过，我对转基因这种没有种子的东西，也没有什么好感，但是人家敢吃，咱也无所谓，咱的命也不比人家的贵。而且听说转基因大豆油和转基因菜籽油，占据了我国九成市场，价格也便宜，在好多食品中无处不在，谁也不能把自己的嘴封起来。

去年，陕西四千亩转基因玉米被强铲，原因是种子来源渠道不合法。这倒是一个大问题，种子市场可容不得混乱。我们的老祖先讲，饿死爹娘也不能断了籽耷。种子必须牢牢地掌握在自己的手里，假如被某些大国控制，后果可想而知。

我想，老鼠的减少，也不是单一的某个问题。那么，要说问题究竟出在哪里，目前可能没有人能够说得清楚，也不可能有人为这等小事而劳神费力。但是，老鼠是一种智商很高的小型哺乳类动物，虽然和人类有几千年的世仇，一旦说要离去，我们似乎还是应有所思索。

据传土豆用了膨大剂，产量高，生长期短；水果用了甜味素，好吃又好看；西红柿用了催红素，提前上市；黄瓜用了避孕药水，瓜熟蒂不落，看着新鲜。还有什么硫黄姜、甲醛浸泡大白菜、毒奶粉、地沟油、瘦肉精、苏丹红、病死牲畜肉、各种食品添加剂、农药残留等等举不胜举，所有这些都会造成肝肾损伤，连人都扛不住，何况小小的老鼠。

正可谓，天作孽犹可恕，自作孽不可活。有人为了一己之利，害人又害己。

人类处于食物链的顶端，除了直接食用有害食品外，马牛羊、鸟虫鱼等都是人类的美味。人的胃口很大，有句玩笑话说，天上飞的飞机不吃，地上四条腿的板凳不吃，其余都吃。转基因食品，环境污染，所有动物吸收的有害东西，最后也都吃到了人的肚子里，细想起来让人不寒而栗。好了，就此打住，再也说不深了，也不能再往深说了。

　　当我写到这里将文字拿给老婆看时，她说，有多少专业机构和专业人员在研究，又有多少政府职能部门在监管，这事还能轮得上你发言？真是"狗逮老鼠，多管闲事"！

2017年3月6日

醉美三月桃花开

阳春三月，和朋友相约赏桃花。我是因桃而爱花，水果类里，我尤其喜欢桃。

在我小的时候，陕北水果的种类很少，最常见的只有三种，就是桃、杏和大红果。听大人们讲，"桃饱杏伤人，李子树下埋死人"。我至今不懂这句俗语的真正科学含义，但是记住了桃子是可以多吃的，杏和大红果子应该是"少吃多滋味，多吃伤脾胃"。每到桃子成熟的季节，也是我大饱口福的时候。

关于杏子，由于口感的原因，想多吃也吃不了多少。倒是大红果子我忘不了它那迷人的香味。

陕北民歌里有句"大红果子剥皮皮，人家都说我和你，本来咱二人没关系，好人担了些赖名誉"。可见，大红果子在陕北很有名气，现在果树的新品种不断出现，大红果几乎已绝迹，但是它的香味，让人记忆犹新。八月十五的时候把它和月饼储藏在一起，那个浓烈的香味，实在是让人无法抗拒。别人能吃多少我不清楚，我是严格遵循大人的教诲，从来不敢贪吃。古话云，不听老人言吃亏在眼前。

而桃子，它不仅能饱腹，那种诱人的桃香味，也让人垂涎欲滴。

人们给桃子以很高的评价，常称呼它为寿桃、仙桃。但是没有桃花，何来桃子，所以我对桃花多了一分珍爱。

三月，应该算得上是一年中最好的赏花季节，在城市里，诸如樱花、杏花、桃花等五彩纷呈，让人目不暇接。在亭台楼榭间，多了几分秀丽，少了几分自然。我认为，观赏桃花的最佳之地是在山洼里，满山遍野百花齐放，置身其中，不知道是人看花还是花映人，那才叫"人面桃花相映红"。

同为赏花人，心态各不同。每一个人的心中都有自己的桃花源，正如我赏桃花，在观花之中也畅想着桃香。

有人看见落英缤纷，悟出了人生的无常。如唐龙牙的诗："朝看花开满树红，暮看花落树还空。若将花比人间事，花与人间事一同。"人与花的道理一样，世界上没有不变的东西。

唐代诗人崔护的千古吟唱："去年今日此门中，人面桃花相映红。人面不知何处去，桃花依旧笑春风。"借桃花感叹自己错失的爱情，感动了多少人。

正因为桃花的艳丽和稍纵即逝，热烈而张扬，在春风中散发出醉人的芳香，所以才有那么多人，借花寓情。

在恋人的眼里，桃花是为爱而开。桃花树下桃花情，浪漫而热烈，美了岁月，醉了流年。

在林黛玉的眼里，桃花带来的是伤感："桃李明年能再发，明年闺中知有谁？"

在智者的眼睛里，"心中若有桃花源，何处不是水云间"。

在农人的眼里，桃花是春天的信使。桃红又见一年春，看到的是一年希望的开始，憧憬着秋天丰收的果实。

现在的桃树，有很多地方是成片种植，商品经济时代，也给农民带来了实惠。在桃花盛开的三月，成片的桃花，给人以震撼，赏花人自然是络绎不绝。

田野里，桃红伴柳绿，燕子衔泥飞，犁牛耕大地，桃花脸上开。化成了诗，凝成了画！ 这才是最美的风景，这才是赏花的真谛。

2017年4月5日

游波罗古城

今年五月，受朋友之邀，游览了波罗古城。

波罗古城位于陕西省榆林市横山区波罗镇的无定河南岸，城堡依山而建，是明长城上三十六个重要关堡之一，自古以来为战略要塞。

在通向城堡的山崖上，建有一座寺庙，现在叫接引寺，过去叫波罗寺。波罗古城因波罗寺而得名。

我们这次出游是三人行。由李峰、张建民和我组成，三人为众，能活跃旅行的气氛。他俩都是横山人，对这里的情况比较熟悉。我们游览了波罗寺，又拾级而上，登上了波罗古城堡。

残存的城墙，饱经风雨的佛塔，凹凸不平的老街，长满荒草的院落，凸显出古城的沧桑。

古城庙群、寺刹、官府，占地规模大。这里的古建、碑刻、绘画、石雕、木雕、匾额、楹联，都闪耀着中国文化的光芒。

古城原住的村民很多，现在大部分迁居到了山下，只有为数不多的村民还住在老宅里。

我们慕名拜访了住在古城的陈伯瑞老先生，他是当地的文化人，著有《波罗古城风云史》。我们听他讲述了古城的前世今生。

他说，波罗古城建于隋，盛于明。"波罗"一词是梵语，是"波

罗蜜"的简称，意思是渡到彼岸。此岸是"生死岸"，当然彼岸就是"无生死岸"了。至于波罗寺为什么改为接引寺，他说，1681年，康熙皇帝西征准噶尔，经榆林而过波罗，看到波罗寺的天然石佛像左手持端莲花台，右手下垂做接引众生之状，遂亲题"接引寺"匾额惠赐。至此波罗寺改称接引寺至今。

有关波罗寺的来由，我在相关的文章上看到有这样一种传说：波罗祖师出家后，师父教他念"般若波罗蜜多心经"，教了好多年他只会念"波罗"两个字，大家戏称他为"波罗和尚"，师父认为他太笨，难成正果，让他离开了寺院。

他下山后，找到一个岩洞盘腿而坐继续念他的"波罗"。过了很久，他被寺里的小和尚发现了，告诉了师父，师父就来到岩洞看他。看见久别的师父，他热情地招待师父吃"烤薯头"，师父一看，这哪里是什么薯头，分明是几块烤鹅卵石，而他却吃得津津有味。师父这才知道他的徒儿得了正果，师父感叹说："念经何须多，咬定'波罗'到波罗。"

传说的故事，给我们以启迪，任何事情，只要咬定目标不放松，持之以恒，就能到达希望的彼岸。

之后人们就在波罗和尚修成正果的地方修了寺院，叫波罗寺，把他尊为波罗祖师。后来他云游四方，超度众生，所到之处，人们为他修的寺院，都叫波罗寺。比如西藏江达县波罗乡的波罗寺，福建长汀聚峰波罗寺，云南大理波罗寺。就此推论，波罗祖师也可能到过横山波罗寺。

波罗古城背靠横山山脉，隔无定河与毛乌素沙漠、鄂尔多斯草原相望。波罗堡在宋、元时期小营寨的基础上，于明万历年间重修，清乾隆年，又进一步修复，使城内的建筑具备了一定的规模。明清以来，集镇随着军事堡寨而兴起，商家市民多以堡寨为中心依附聚集，这一时期的波罗古城，街市繁华，商号排列，客栈星布，堡内人口过万。

民国时期，这里由国民党人士、陕北保安指挥部副指挥官胡景铎将军驻守。1946年10月13日，在中共西北局书记习仲勋同志的直接领导下，胡景铎率第22军第86师、新编第11旅及榆林保安第9团共五千余人在这里起义，史称横山起义。横山起义的成功，使解放军解放了无定河以南二万多平方公里的土地，打乱了国民党进攻延安的计划，在中国革命史上写下了光辉的一页。

可见，这里是一个集丰富的历史文化、辉煌的革命文化、独特的民俗文化和神秘的宗教文化于一体的神奇的地方。

看完古城的部分建筑，已近日落，蔚蓝的天空和白色的云，被夕阳渐渐染成深红、橘黄、淡黄……

站上古城墙向西望，无定河在大漠上蜿蜒流淌，在落日的余晖里，闪耀着银色的波光。

时值初夏，微风拂面，我们又来到了古城标志性的建筑、古城八景之一的凌霄塔下，淡淡的月光给古城蒙上了一层神秘的面纱。

七级佛塔看似十分古老，没有碑记。有人说是隋塔，有人说是唐塔。

我的两位朋友都是摄影爱好者，其水平绝非我等初学者能比。他们看到天空星光闪闪，认为今夜是难得的拍摄古塔星轨的好时机，便以古塔为前景，面向北斗，拉开了架子，拍摄星星的轨迹。

此时万籁俱寂，星光熠熠。古城的午夜，清幽神秘。七级浮屠上面，星光璀璨。

我在等待他俩拍摄星轨的时间里，踏着青石板铺成的路基，借着初月洒下的清辉，徜徉在古城老街上。他们见我走远，便大声呼喊让我回来，担心我走迷。是的，在这空寂的老街，没有谁能知道我，在这藏着无数往昔的古城面前，人显得那么卑微。

面对这一古朴沧桑之地，不知不觉让人产生出一种别样的情绪。看着前方隐隐约约出现的古宅，书生、狐仙的影像，在我脑海中浮现。

古老的星光，苍劲的古树，我仿佛置身于千年之前，看到那灵异的白狐，穿梭在红尘阡陌，把善良和美好带到了人间。

拍完星轨已过12点，夜已深，古城更加宁静。

再见，波罗古城！

2017年5月21日

拍蚊记

买了一楼的一个单元房，一是为了出入方便，二是能多分享一点小区的绿色，坐在房间向外看，有一种住私家花园的感觉。

但是事物都是一分为二的，有利就会有弊，绿化越好，蚊子自然就会越多。参照别人的做法，特意在窗户上加装了防盗钢丝纱窗，来一个防盗防虫二合一。没想到蚊子小姐还是有空可钻，悄悄地找上门来。

打小起，我对蚊子的叮咬就特别敏感，假如胳膊的某个地方被叮上一下，整条胳膊都得挠上半天。

小时候在农村，每到夏秋季节，我的身上就会大包小包不断，而且总会比别的孩子能多出几个包块。奶奶说我这是甜肉皮，蚊子喜欢。我信以为真，渐渐就习以为常了。

后来又听说，身体好才是招揽蚊子的主要原因，不过我还是觉得有点冤，天下胖人那么多，怎么偏偏就要爱上我？

其实，我们每个人遭受蚊子叮咬的概率基本上是相同的，但是其反应却是因人而异，这主要取决于个人体质的敏感程度，而我就是高敏感的那一类。

常年和蚊子作战，也让我摸索出了一套斗争经验。

有时候侧着身子睡，静静地等待着嗡嗡的声音落在耳朵旁边，然后一巴掌甩过去，虽然脸上有一种火辣辣的感觉，但是今夜可以安然入眠。

有时候在睡前看看书，故意将胳膊放在外边，露出破绽，等待着蚊子落下来。

一次我正在翻着书本，突然一种奇痒让我反应过来，一只蚊子已叮在了胳膊上面，一紧张，本能地肌肉收缩，使蚊子的长嘴夹在那里飞不起来，真是奇迹，给了我一次活捉蚊子的机会，很是解气。

现代科技的发展日新月异，体现在生活的方方面面，有时不知不觉地改变了你的生活习惯。不知从哪一天起，手机悄悄代替了书本。海量的信息，让人爱不释手，好多人都变成了"低头一族"。

当然，我也不能掉队，自然成了其中的一员，而且有过之而无不及。

由每天晚上睡前看书，变成了看手机。直至将什么朋友圈、朋友群，订阅号、头条号，统统地浏览一遍后，才感觉到今天所有的"公务"都已处理完毕，今天应该做的事情没有留给明天。

每当这个时候，只要房间来了蚊子，就会发现它围绕着手机转，握着手机的这只手，就会成为蚊子进攻的重点，有时候还会发现它落在手机上歇歇脚。

也许是我借助手机的光线发现了蚊子飞来，也许是手机的光波有诱导蚊子的一面，无论怎样讲，这都为我打蚊子增加了一种新的手段。

我窃喜，利用手机打蚊子，是我发掘出的手机的又一项新功能。科技高速发展的今天，一切事情都得与时俱进。

一次窗户没有关严，房间里飞进来好几只蚊子，它们靠量的优势，彻底打破了我的抗蚊防线。我从半夜3点开始打到早晨6点。刚开始我以为是一只，歼灭之后，就关灯入睡，没想到刚睡下，又被叮咬醒来，就这样打打歇歇，折腾得一夜未眠，最后统计了一下，整整消灭了六只。

蚊子虽小，但是它无孔不入，无处不在。它带给我们的不光是皮肤之痒，更主要是它会传播一些疾病，侵害我们的肌体，防蚊子同样不能小觑。

我在辗转反侧的过程中，突发奇想，难道就不能研发一种"蚊子疫苗"出来，使人产生一种抗体，增强免疫力，不怕蚊子的侵袭？

我在想入非非之后，猛然又想到了今年曝光的假疫苗案。有些人为了追逐金钱暴利，越过了做人的道德底线。同时也暴露出了从监管、生产到销售环节上的一系列漏洞和问题，若不是内部员工的举报，这样的无良企业还不知要为害多久。

谁家没有孩子，孩子更是我们祖国的未来。制假贩假者真是良心泯灭，狼心狗肺，让人不寒而栗。

关乎我们下一代健康成长的疫苗质量都无法保证，还想什么"蚊子疫苗"？你还想百毒不侵、长生不老呢！真是想入非非、荒诞无稽。

书归正题，面对蚊子，还是一个"打"字要得。

再一想，大自然既然创造了蚊子，就有它存在的理由，作为生物链的一环，这自然界还真的谁也离不开谁，只是我们不懂得罢了。简单说，鱼、青蛙、蜘蛛、蜻蜓吃蚊子，蚊子的幼虫（孑孓）吸食微生物，它也是大自然不可或缺的一分子，生态系统就是靠的多样性才能稳定。

我们人类的文明才几千年，在不断的探索中走到今天，未知的世界需要我们在漫长的时空里去研究发现，时间会告诉我们答案。

罢，罢，罢！蚊子虽可恨，我们也无奈！既然不能使其灭绝，还是加强防范，以防为主，打防结合吧。

作为地球上的物种，自有其生存的道理。自然之道，存在即合理。

2018年7月15日

陕晋蒙三角行

陕晋蒙三角地区是指陕西、山西和内蒙古自治区的接壤地区。

包括陕西省的神木、府谷两县和榆林市的榆阳区；山西省的兴县、河曲县、保德县、偏关县；内蒙古自治区的准格尔旗、伊金霍洛旗、达拉特旗和清河县。该地区煤炭资源丰富，已探明的存储量占全国的三分之一，有人称其为黄土高原上的"黑三角"或者"乌金三角"。

这里的旅游资源也相当丰富。黄河自西向东，而后自北向南流经这里，形成了许多壮美的景观。五月的一天，我们从陕西榆林市区出发，走向这一中心区域。

我们一行四人，领队是冯涛先生，他爱好旅游，负责选线开车，李峰、王怀荣是摄影爱好者，他们各有所长，一拍即合。我作为吃瓜群众，一身轻快，说走咱就走。

这一三角地带是草原文化和黄土文化的交融地区，有众多风姿独特、雄奇壮美的自然和人文景观。我们不可能全部游览，只能是沿途采撷一些风景片段，所谓"弱水三千，只取一瓢饮"罢了。

首先，我们途经神木二郎山，此为故地重游，走马观花，拍照留念。

二郎山在神木县城西边，呈南北走向，山势蜿蜒，巍峨险峻，有

"陕北小华山"之美称。山体中部有两处凸起，状如骆驼双峰，又名驼峰山。明正德年间，武宗朱厚照出巡路过神木，见山势形如笔架，又赐名笔架山。

山上庙群始建于明正统八年（1443），历代均有修葺，计有一百多座殿、庙、亭、阁。山上释、道、儒三教合一，值得一看。

离神木县城以北二十公里，有座古城池，即麟州故城，是北宋忠良杨家将的祖居地。人们出于对英雄的敬佩和缅怀，称此为杨家城，现为全国重点文物保护单位。

在杨家城的小山坡上，建有一座杨家军祠，分别塑有麟州刺史杨弘信、大宋敕封大同节度使杨业、麟州刺史杨重业的三尊塑像。此山坡称作将军山，供人们参观纪念。

如今，杨家城早已是断壁残垣。站上断墙处，想象当年古城的雄浑，仿佛听到边塞的号角声声，杨家子孙不畏强敌，尽忠报国的厮杀声。

从神木到府谷，这一路上杨家的遗址和故事不断。位于府谷县孤山镇的七星庙，据传是当年折赛花和杨继业比武招亲的地方。

相传当年杨继业和折赛花，分属镇守麟州（神木）的杨家军和镇守府州（府谷）的折家军两大地方割据势力，双方经常摩擦不断。

有一次，小将杨继业与女将折赛花对阵，双方不分胜负。折赛花佯装战败而逃，躲进七星庙内，杨继业不知是计追入庙中，被折赛花擒拿。结果是英雄美女，相见恨晚，天遂人愿，结下了百年之好。

七星庙又称昊天宫，也叫无梁殿。关于七星庙的建设年代据民间流传是唐贞观年间，也有说是建于宋代或明万历年间重修。大殿屋顶为九脊歇山式，内部结构奇特，风格别致，从底到顶，以砖砌成，无梁无柱，一砖盖顶。此地曾选入《中华名胜词典》，1993年又入选第七批全国重点文保单位。

传说杨继业和折赛花的爱情感动了天地，后来他们所生的七个儿子就是七星庙内供奉的北斗七星投胎，八姐九妹两个女儿也是殿里金童玉女转世而来。

出于对英雄的敬仰，府谷县的孤山镇修建了佘太君文化广场。佘太君凛然大义的汉白玉雕像，仍在把故土守望。

当天晚上，我们落脚府谷县城。

第二天，来到了府谷东北部的墙头乡。这里北与内蒙古准格尔旗接壤，东与山西省河曲县隔黄河相望，是一个"鸡鸣闻三省"的地方。

黄河在由西向东的奔流中，进入秦晋大峡谷，由于受到府谷墙头山体的阻挡，在这里陡然来了一个90°的大转弯，形成了"黄河入陕第一湾"——金龙湾。

来到这里，不仅能够看到黄河入陕第一湾，还能观赏雅丹地貌莲花迭。据说，康熙皇帝在平定噶尔丹叛乱时曾驻足这里，被眼前五彩斑斓、状若莲花的雅丹地貌所吸引，遂命名为"莲花迭"。

放眼望去，山体错落有致，山色红、黄、紫、绿、白五色相间，仿佛燃烧的火焰，绚丽多彩。

我们来到观景台上，俯瞰金龙湾，黄河如一条巨龙，在阳光下舞动，也似一条玉带把河曲环绕。

让人想不到的是，在观景台上，还塑有宋太祖赵匡胤的雕像。史料记载，赵匡胤生于河南洛阳夹马营，葬于郑州永昌陵。难道这里也能和赵匡胤扯上关系？原来还真有这么一回事，让我们增长了见识。

经了解，在墙头乡的赵家山，住的都是赵姓人家。据他们讲，他们是赵匡胤的本家，赵匡胤祖父以上的先人都在此处埋葬。原来这里是赵匡胤的故里，而且还衍生出了一个美丽的传说。

传说在这黄河入陕的第一湾里，有一条巨龙潜伏在河底，一觉可睡几百年，一旦醒来，就会发生惊天动地的大事件。

赵匡胤小的时候经常来河边玩，有一天巨龙突然醒来，变作一个小男孩和赵匡胤一起玩。后来，住在附近的杨家将的先祖看出真相，认为巨龙现身会有真龙天子出世。

杨家将的先祖于是委托赵匡胤去办一件事，他说，小男孩回到河里，就会变成一条巨龙，到时，你就把我给你的红布袋放入龙口里。赵匡胤回家后，向他母亲说了这件事，赵母说，我这里也有一个红布袋，是你父亲的尸骨，等巨龙张口后，你先将咱家的红布袋放入龙嘴，然后再放杨家的。

第二天，巨龙玩累了回到河里，赵匡胤先将自家的红布袋放入龙嘴，准备再放杨家的时候，巨龙却合上了龙嘴，用柴棍也没撬开。无奈，赵匡胤只得将杨家的红布袋挂在龙角上面。后来，赵匡胤做了大宋皇帝，杨家成了领兵元帅。

故事归故事，但我们一路上总为杨家感到遗憾。

黄河进入秦晋大峡谷后，历经艰险，百折不回，转了很多弯。我们顺河而上，过山西万家寨黄河水利大坝，来到了"天下黄河入晋第一湾"——老牛湾。

老牛湾位于山西和内蒙古交界处的偏关县内，黄河从这里入晋，也是黄河入晋第一湾。当地有句顺口溜："九曲黄河十八弯，神牛犁河到偏关。明灯一照受惊吓，转身犁出老牛湾。"

其实，老牛湾是由三湾一谷组成，分别是包子塔湾、四座塔湾、老牛湾和杨家川小峡谷。人们常说"九曲黄河十八弯"，来到这里就能一次览三湾。

这里是中国最美十大峡谷之一，也是黄河与长城握手的地方。长城在这里与黄河交汇，中华大地上的两大奇观在这里再现。

这里有建于明成化年间的老牛湾堡，是当时防御游牧民族入侵的屯兵城堡，也是老牛湾景区标志性的古建筑。这里所有的建筑都是就地取材，全部用石头砌成，像一个石头博物馆。

告别老牛湾，我们沿着内蒙古的准格尔旗方向，驶上了返程的路，顺路经过了鄂尔多斯马奶湖景区。据说成吉思汗在西征途中路过此地，对这里的水草丰美赞不绝口，于是这里的牧民就将此湖命名为"飘香的马奶湖"。

马奶湖拥有沙漠、湖泊、湿地、草原等资源，湖中水产种类有鲤鱼、鲢鱼、鲫鱼、草鱼、甲鱼、螃蟹等十六种之多。这里也是百鸟栖息之地，有白天鹅、黑天鹅、白鹭、鸳鸯等游弋在湖面。

我们此去刚好是黑天鹅繁殖的季节。在一个水面如镜的小湖泊里，一只雌天鹅正在抱窝，雄天鹅在湖边警惕地巡逻着，见我们走过来，便雄赳赳地弓起了脖颈，向我们游来，做攻击状，示意我们识趣点，离开这里。为了不影响它们"养儿抱蛋"，我们拍了两张照片后离开。

在波浪如丝的湖面，建起了几座水上蒙古包，成为这里独有的景观。我们很想在此享用一次湖鱼的盛宴，遗憾的是，马奶湖景区还在建设阶段。

陕晋蒙"金三角"是一块神奇的宝地，人文、自然景观荟萃，让人流连忘返。再见，陕晋蒙"金三角"。

2017年6月25日

谁说梅花没有泪

我喜欢梅花，最初是出于好奇。我的家乡在陕北，这里有雪无梅。小时候，我没有见过梅。我对梅花开在冰天雪地里，感到有点不可思议。

离开家乡以后，我曾在我的房子里盆栽了一株白梅，而且我的几次搬迁，都没舍得将之扔弃。在我的精心呵护下，雪白的花朵散发出的阵阵清香，让我陶醉。然而，"有梅无雪不精神，有雪无诗俗了人"，那种自然的和谐，不是谁想要就能够得到的。

我国地域辽阔，北方多雪而少梅，南方有梅而无雪，梅雪相聚，也是要在一定的气候环境里，是可遇而不可求的。

2018年古城西安的第一场雪，让西安市的交通几近瘫痪，不是古城人民不愿自扫门前雪，只是对多年不遇的大雪缺少预案。人们在兴奋之余，也生出了些许怨言，然而更多的是对瑞雪兆丰年的喜悦。

而此时，正是梅开长安的季节。

当时，我也曾有过踏雪寻梅的冲动，但是由于交通的不便而放弃。当气象台预报近期再无降雪之后，我便陪同妻子和女儿，来到了西安市东郊植物园内赏梅。

刚到园里，本来还算温和的天气突然生变，下起了鹅毛大雪。

雪姑娘走了怎么又突然折回？这是我收获的一次意外，仿佛武陵捕鱼人，误入桃花源。一场梅雪相遇的壮丽景观呈现在了我的眼前。

后来才知道，这一天，西安市区经历了一次 "一城寒冬半城雪" 的自然奇观。即城北天气晴朗，城南大雪纷飞。本来，按照大气环流趋势，大范围降雪已经结束，但是，当地面的冷空气回流到秦岭一线后受阻，与南边来的暖湿气流相遇，就形成了城南下雪城北晴的不同场景。雪姑娘的偶尔调皮，气象专家们也是无奈。

放眼望去，植物园内，雪花飘飘，北风啸啸，天地一片苍茫。而赏花的人还是络绎不绝。

　　那一枝枝寒梅，冰心玉骨，在风雪中亭亭玉立，让人陡生敬意。"冰雪林中着此生，不与桃李混芳尘。"

　　那一朵朵待放的红梅，就像一丛丛跳跃的火苗，将银色的世界装点得绚丽多彩。

　　那盛开的花朵又像孩子们冻红了的笑脸，展现出了完美无瑕的姿态。

　　那一片片白色花儿，与雪共舞，平分秋色，相得益彰。真是"梅须逊雪三分白，雪却输梅一段香"。

　　我们羡慕她的成功，但谁又想过"宝剑锋从磨砺出，梅花香自苦寒来"？

　　我们赞美她不畏严寒，独步早春，率先开花的坚强不屈的品格，但是又有谁想"一年三百六十日，风刀霜剑严相逼"。

　　我们欣赏她的冰心玉姿，清香四溢，但谁又知"若非一番寒彻骨，那得梅花扑鼻香"。

谁说梅花没有泪，只是冰雪还未寒透梅花蕊； 谁说梅花没有泪，只是不愿和百花竞芳菲。

万千感慨，回归一曲《梅花泪》：

谁说梅花没有泪
只是冰雪
还未寒透梅花蕊

谁说梅花没有泪
只因等你
几度寒来望春归

谁说梅花没有泪
只是冰雪
还未寒透梅花蕊
待到漫山春又红
共吟花前
不枉此生梦一回

2018年2月5日

狗年说狗

本人属狗，从儿时的红肚兜到红裤带，每十二年一次的轮回，让我对狗念念不忘。

但是我又害怕狗，见了狗我就想躲。小时候被邻家的狗咬过，从此，让我落下了怕狗的病根。

俗话说"好汉出门问酒，赖汉出门问狗"，我一直在狗的面前缺乏一种英雄气概，让我在朋友面前很是丢份。

算命先生说我是土狗的命，生于农历戊戌年，天干为戊，地支为戌，戊五行属土，戌为生肖狗，故为土狗之命。好在爱人说，嫁鸡随鸡嫁狗随狗，土狗忠诚、顾家、放心。

狗的种类很多，然而在乡村，老百姓最喜欢的还要首选土狗。土狗低调、卑微、尽忠职守。它的存在，让乡村充满了浓浓的生活气息。"柴门闻犬吠，风雪夜归人。"风雪之夜，一声犬吠，让远归的人儿感觉那么温馨。

狗是人类最忠实的朋友。人狗相伴，据说是从新石器时代开始的。所以在我国，有关狗的词汇也最丰富，但是贬的多，褒的少。人们几乎将所有不喜欢的人和事，都用狗来形容。

中国文化博大精深，语言之丰富没有哪个国家能及，人狗相提并论，并不是抬举狗，而是为了骂人。好像把人的种种劣迹，和狗联系起来，才能骂得到位、骂得解恨。

如对一些趋炎附势之人，骂作"哈巴狗"；对一些弄虚作假、名不符实的事情，骂作"挂羊头卖狗肉"；对一些文章的不认同，骂作"狗屁文章"或"狗屁不通"；如遇上了不顺利的事情，埋怨自己"踩到狗屎"。还有什么"狼心狗肺""猪狗不如""狗眼看人低""狗嘴里吐不出象牙"等举不胜举。真是"老猫犯罪狗带枷——无辜受累"。

还有人们把一些不良官员骂作"狗官"，而且骂的花样也在不断翻新。

如郑渊洁的童话《五个苹果折腾地球》里第三颗苹果的故事，就骂出了新意。

说的是狗年一天的午夜，一个飞碟路过地球，飞碟上的外星人想休息一会儿，他们降落在了一个苹果园里，并将一盆废水，泼在了一棵苹果树下。

这棵苹果树吸收了宇宙的能量，结了五颗苹果。其中的第三颗苹果被一只普通的狗吃掉了。宇宙能量在狗的体内迅速发挥，使它有了思维，会说人话，而且智力超出人类N倍。

刚好本届市长换届选举，这只狗便开始了市长竞选，并凭着超人的智力胜选。

狗市长上任后，大权在握，全然不顾当初竞选时对市民的承诺，最爱干的事就是剪彩和会见来宾上新闻。除了不作为，就是胡作为，有时随心所欲地耍弄市民。比如，要求人们冬天穿裙子，夏天穿棉衣，小孩说大人的话，大人说小孩的话，以至于街道上到处能见到狗穿衣服人露肉的奇怪现象。狗市长还充当黑社会的保护伞，市民被折腾得有苦无处说。

此事引起了全人类的关注，认为动物进化太快。世界共同体召开了紧急会议，要求人们发现动物有异常行为要及时举报，否则再这样发展下去，在不远的将来，人类将会被动物统治。

有一位老太太举报，发现了一只苍蝇有了进化的征兆，举动异常。平时苍蝇是四只脚落地，而这只苍蝇可以用两只脚着陆了。动物专家说，必须立即制止动物的进化问题，时间不等人。

于是，就开始了一场大规模的扫黑除恶、打狗拍苍蝇的行动。

童话毕竟是童话，我们看后一笑了之。但是说明人们渴望官场的清明，只是让狗背了骂名，有点不公。

狗作为十二生肖之一，和其他动物一律平等，没有什么高低贵贱之分，而且，狗与人类肝胆相照、荣辱与共，和任何动物都没有可比性。"儿不嫌母丑，狗不嫌家贫"，这一句话最能打动人心，赞美了人性也道出了狗的本性。

狗虽然承受着很多骂名，但是忠心不改，始终如一。有一句话说得好，狗和人最大的区别就是，狗永远是狗，而人有时候就不是人。灾难降临之时，忠犬能救主，而人心叵测，落井下石也不是没有。

本人属狗、怕狗但也爱狗，在狗年到来之际为狗鸣一点不平。

都说狗嚎怨自声，
谁知忠心落骂名。
他年得道升天去，
豪气敢将明月吞。

2018年2月16日

元宵节感怀

夜幕刚刚降临，也不知道是谁点燃了第一只爆竹，远远近近，不约而同地传来了此起彼伏的鞭炮声。元宵之夜，举国欢庆，我也情不自禁地走出了家门。

此时的榆林古城，六楼骑街，灯火通明，人头攒动。

"谁家见月能闲坐，何处闻灯不看来？"皓月当空，灯火闪烁，迷人的夜晚，有谁能无动于衷？今夜古城无闲人。

"有灯无月不娱人，有月无灯不算春。春到人间人似玉，灯烧月下月如银。"这意境，中国人品味了千年，而且越品越浓。

面对此情此景，我也忍不住点燃了一盏孔明灯，寄上了我无限的祝福和美好的愿景，在月光下传送。

正月十五闹元宵，是中华民族特有的文化，从古代传承至今，历经千年，经久不息。

人们都怀着美好的愿望，在这月圆之夜，家人团聚，吃元宵，逛灯会，猜灯谜，赏灯祈福。

孩子们陶醉在烟花爆竹声中，恋人们享受着"月上柳梢头，人约黄昏后"的浪漫。

也有一说，元宵节也是中国古代的情人节。古代女子，一般不出闺门，到了元宵节才出去观灯，这为男女相识提供了良机。

"众里寻他千百度，蓦然回首，那人却在，灯火阑珊处。" 良辰美景，成就过多少美满姻缘。

在这灯火阑珊的明月之夜，触景伤情的也不是没有，欧阳修老先生就曾吟出"今年元夜时，月与灯依旧。不见去年人，泪满春衫袖"。

真是"人有悲欢离合，月有阴晴圆缺，此事古难全"。

元宵节，是一个浪漫的节日，灯好月圆，一切都变得诗意浪漫。在浪漫之余，我认为主要庆贺的是一元复始，大地回春。

中国的春节，从除夕夜开始，到正月十五止，这年才算是真正过完了，我们称为过大年。

正月是农历的元月，是新的一年开始后的第一个月，正月十五，是第一个月圆之夜。古人称夜为"宵"，所以，把一年中的第一个节日，称为元宵节。

这一天，人们带着对浓浓年味的依恋，更带着对新的一年生活的期盼和向往，从白天开始，在中华大地上，舞龙灯，耍狮子，办灯会，闹秧歌，南北同庆。直至夜晚燃起绚烂的烟花，把整个活动推向高潮。人们以狂欢的形式告别过去，迎接未来，所以叫闹元宵。一个"闹"字，寓意很深，表达得恰如其分。

人们祈愿新的一年，风调雨顺，五谷丰登，有一个好的年景。在花灯的海洋里，我们就可以看出，灯的形状和寓意包罗万象，应有尽有，五彩缤纷，栩栩如生，令人目不暇接。它寄予了人们所有的美好愿望。

正如陕北秧歌调里所唱的："西瓜灯，红腾腾；白菜灯，绿茵茵；芫荽灯，碎纷纷；韭菜灯，宽生生；茄子灯，紫茵茵；圪料把弯黄瓜灯……"

过完了元宵节，生活又回到了原先的轨道上，勤劳的人们又将走向田野，繁忙的春耕也将拉开序幕。

岁月就这样在季节中轮回，寒冬过后就是春天。

2018年3月6日

残荷有梦亦亭亭

我喜欢在夏日的荷塘边流连，小荷亭亭玉立之娇美，接天莲叶无穷碧之壮观，令人心旷神怡。"出淤泥而不染，濯清涟而不妖"，将生命之美演绎得如此之尽致淋漓，舍荷无它也。

对生命而言，都会由盛转衰，繁华过后，便是清冷。这是一种自然而然的过程。但是荷，却将此化成一种美，秋冬之残荷，就表现出一种凄清之美。

时令已是初冬，公园虽然没有了花的馨香，但晨练的人们，没有被寒冷挡住脚步，一如既往地前行。打拳的、练歌的，场面依然。地面上，小草枯黄了，高大的乔木虽然被寒风剥去了绿色的衣裳，但看上去显得更加挺拔，松柏树倒是保护起了它的绿色，在凛冽的寒风里，表现出了生命的从容与淡定。

我驻足在公园的湖水旁，望着一条小船在布满冰花的水面上游荡。孤舟摇曳，也是一道风景，也许，到了中午会有更多的人划船而游了。这时，遇一老者问询哪里能见到枯荷，原来他要去拍残荷的照片。

老先生已近古稀，精神头依然很足，正在上老年大学手机摄影班。他说手机摄影是未来摄影的方向，动员我也报班学习。看得出，

他为自己能站上潮头而自豪。他还说,下午他们摄影班的大队人马就要到来,他是探路者。我为老先生的精神而感动,也与他的老有所乐而同乐,便带他来到湖心岛莲花池旁。

对冬季之荷塘,我是很少光顾的,现实之残酷,让人不愿直视生命由盛到衰之凄凉。南唐李璟有词曰:"菡萏香销翠叶残,西风愁起绿波间。还与韶光共憔悴,不堪看。"冬日的荷塘,游人寥寥,早已不见了"映日荷花别样红"的场面,所有的绚丽都被掩埋在那一泓绿波之下,只留下残荷在寒风中独舞。那些曾经对荷花膜拜过的人,也不再驻足,满目的繁华已成过眼云烟。

回想夏日荷塘之盛景,游人如织,蜂蝶翻飞,反差不可谓不强烈。当生命不再拥有价值的光环，一切都会变得清淡。

　　只见残存的荷秆傲立在水面，勾勒出一幅不屈的凄美画面。我仿佛明白了，残荷有梦，所以才与这个世界藕断丝连。那屹立于水面的枝叶，像战士扛着一面不倒的战旗，随风猎猎。那不愿沉入水底的荷叶，顽强地漂浮着，有一种国画的美感。枯叶虽然凋零，但傲骨犹在，虽有残缺，但无损清誉。恶劣的生存环境，并没有消磨它作为荷的天性，深深地扎根，顽强地抗争，以清香的筋骨伫立，用执着和坚忍等待着春天。

　　我忽然发现，在萧瑟凄凉的环境里，竟然蕴藏着未曾关注的美，一种繁华褪尽后的豁达和坦然，一种神韵，一种坚忍与不屈的精神。

　　残荷有梦亦亭亭啊！

　　面对残荷，我们还能读出什么呢？人生一世，草木一秋，不同的生命，有不同的价值，努力活好自己，当自然法则无法愈越之时，顺其自然，随遇而安。

2019年1月24日

哥我当年也帅过

狗年正月初二，我回到了故乡。这一天是我六十岁的生日，也是我的退休之日。

六十年的风雨兼程，我还是没能走远，转了一个圈，又回到了家里。

六十年的风雨沧桑，却让我变了个模样，一身疲惫，满头银霜。

我和二弟漫步在家乡的小路上，微风吹起了故乡泥土的芬芳。我们边走边聊，不知不觉来到村里的小河旁。

冰封的家乡小河，像磁石一样吸引了我。我童心萌发，走到冰面上。

陕北的早春，虽然进入了春天的季节，但是冰雪还未消融，大地还在沉睡之中。环绕村子的十里长河，继续披着它那厚厚的冰衣裳，静静地等着，等着春暖的时光。

但是，日渐回暖的气温，已经让孩子们感知到了春天的信息，一个个像鸟儿一样飞出了窝。远远望去，有几个小孩在冰面上滑冰车、打擦擦。

叽叽喳喳的欢闹声，给清冷的河面带来了春的气息。

几十年没有见到滑冰的场面了，我很想看看孩子们像燕子一样飞向前方。然而，令我惊讶的是，始终没有看到他们有向前滑行的动作。最后我从孩子们的脚上发现了秘密，原来他们都穿着厚厚的防滑

胶底鞋。

当年我们是穿着母亲用细麻绳做的硬底鞋在冰上滑行，那种硬底硬帮的布鞋，现在可能要进入历史的博物馆了。

时代在发展，农民的生活条件得到了空前的改善，就连孩子的妈妈们，也可能没有穿过手工鞋了，尽管如此，我还是产生了一丝丝莫名的淡淡的伤感。

我很想在孩子们的面前，露一下我当年冰上的风采，然而，体态臃肿的我，就是在冰面上正常行走也感觉困难。一不小心，还是滑了个仰面朝天，岁月不饶人啊！

我们继续向前走去，来到了我最熟悉的老庄圳沟的杨树湾。记忆里，这里有我家好多的白杨树。走到跟前发现，挺拔的树干深埋在河水下面，树枝被牢牢地冻在冰的上面。下游水库水位抬高，杨树被淹没了水里，我顺便倚在树枝上小憩了一会。

厚厚的冰层，由于气温的回暖，气体膨胀，时不时发出鼓动的爆裂声，让人心悸，感觉冰面就要塌陷。是啊，冰河即将化开，春天就要到来了，这是一种自然的轮回，它不会以人的意志为转移。

　　这时，适逢我本家弟弟来到河边放羊，见我在这里徜徉，他说，大哥的兴趣爱好依然不减当年。我说，差远了，只是未忘初心，童心未泯罢了。我又半开玩笑地说，不过哥我当年也帅过啊！

　　是的，岁月是一条长长的河，回忆是一首难忘的歌。

　　曾记得，我和我的小伙伴，肩上挂着爸爸打的冰车，脚上穿着妈妈纳的粗布硬底鞋，跑向冰面，潇洒地向前滑去，或张开双臂直立，或弯腰躬身向前，比赛看谁滑得最远。那才是一个帅啊。

　　在童年的世界里，比的是一种自信和勇敢，是面对未来挑战的一种精神储备。

　　今天，虽然老夫也发少年狂，但是早已力不从心了。面对家乡的山水，物是人非，叹人生之苦短，几十年弹指一挥间。

　　话别了本家弟弟，我和二弟继续前行。

一路上我都在想，勤劳的农民兄弟，一年四季都在忙碌着。大年正月初二，我们还在走亲访友拜年，而我的农民兄弟就开始放羊了。

　　就像这冰封的小河，面上平静，下面早已春潮涌动，其实，一年三百六十五天，他们何曾歇息过？

　　人生啊，就是一个不断前进的过程。虽然你曾经翻过了大山，趟过了大河，但这只是给生命的长河划分一个段落，抖一抖风尘，还得继续前行，永远也停不下来。

　　向前望去，小河的源头就要到了，眼前的冰面更加光洁透亮。

　　面对清澈的水源，我感慨万千，走过千山万水，最后又回到了原点。曾经一颗纯真的童心，无忧的少年，帅哥一个，如今已是"乡音无改鬓毛衰"了！

　　嗟乎！人生如长河，源头清澈透亮，走着走着就浑浊了许多。

　　望着泉眼上迸出的清洌水花，我的心情亦如泉水般涌动。

　　这里是我人生的起点，这里是我生命的源头，这里是我的家呀、我的天堂……

　　我眼里噙满泪花，双膝跪下，贪婪地从甘洌的泉水里再次吸取我生命的营养。

　　甘甜的泉水，顿时给我浑身增添了新的力量，让我神清气爽，也似乎明白了许多。

　　人这一辈子，就好像永远在田径比赛场上，当你跑完了五千米，还要回到原点上，否则成绩归零，下一个一万米还在这里等着你。这就是人生，永不停息。

2018年3月26日

后　记

1992年，我八十二岁高龄的小脚奶奶，永远地走了。当时刚好是春节，我心里头的那个空虚和忧伤无以言表。

此后，每到年关，就会产生一种无名的伤感，不想回老家过年。

我两岁起被奶奶抱进她的被窝，在她老人家的百般呵护下长大，奶奶的去世给我留下了无尽的遗憾。

几年后，母亲也去世了，父亲就随我们进城，一晃二十几年过去了。

2016年，我们在父亲的主导下，对老家的旧房子进行了改建保护。父亲说，叶落归根，我们不能忘记老家。是啊，父亲是想让他的"乡愁"有个安放处。改建房子，也是对父亲乡村感情记忆的尊重。

在新房落成的2016年，我们全家在靖边县龙洲镇南嘴畔村的老家里过了一个热闹的春节。

由于二十几年远离家乡的年味，这次回来，我所看到的、听到的是那么亲切，那么有滋有味。

袅袅炊烟，浓浓的年味，又勾起了我儿时的记忆。兴奋之余，写下了《回老家过年》的短文。开始，只在兄妹之间传着看看。这时，女儿给我申请注册了一个"长运"微信公众号，说您以后想写写画画，就在这里自娱自乐吧。

《回老家过年》一文通过我的微信公众号发出后，引起不少网友的关注，特别是外地的一些朋友，对陕北的年俗很感兴趣。我想，对民风民俗的挖掘宣传也是很有意义的一件事情。

年节过完后，兄弟姊妹们各有各的事情提前走了，我计划于正月初五和老父亲一道回县城。没想到，初五那天早上起来，天公作美，瑞雪覆盖了大地，而且纷纷扬扬，没有停的意思。为了安全，我们又留了下来，女儿感叹说，这叫春雪留人。

面对美丽的雪景和难得的空闲时间，我决定带着妻子和女儿，迎着风雪游览一下家乡龙洲的丹霞地貌。

在景区里，风吹着雪花，像风像雾又像雨，把丹霞地貌装点得更加美丽。我也是第一次对家乡的丹霞雪景这么仔细地品味。我以"春雪留人"为题，写了一篇风雪丹霞游的游记。

这次回老家过年，偶然拾得两个短篇，提起了我写点东西的兴趣。

家乡陕北厚重的历史，腾飞的今天，我家的老窑洞，乡下的炊烟，亲朋故友，山水风景，都浮现在我的脑海。

回望故乡，乡愁是一棵不老的树，故乡是一首悠远的歌，写作过程成了我的一种享受。

从2016年起到现在，我写了数十篇散文，从中选出了五十一篇，决定以"阅遍陕北都是歌"为书名出版发行。

本书的创作、编辑、出版发行，得到了很多朋友的帮助，在此，我深表谢意！

教育部长江学者、西北大学教授李浩先生，在百忙之中为拙作作序，感激之情，无以言表，只能藏记于心。

我的老领导高永田老先生，从我创作开始就给予了很多的指导和帮助，在得知我的新书即将出版时，又题赠"凌云健笔意纵横，腹有诗书气自华"给予鼓励。

我的朋友卫伟，在我出书的过程中，主动帮我出谋划策，他的无私付出，让我少走了很多弯路。

最后要感谢陕西师范大学出版总社的领导及编辑老师，是他们的严格把关，辛勤劳动，让我粗糙的文字得以面见读者。

2019年7月